Sara Craven

# Deseo implacable

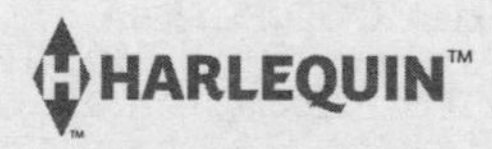

Editado por HARLEQUIN IBÉRICA, S.A.
Núñez de Balboa, 56
28001 Madrid


DESEO IMPLACABLE, N.º 2226 - 24.4.13
Título original: The Prince of Retribution
Publicada originalmente por Mills & Boon®, Ltd., Londres.



I.S.B.N.: 978-84-687-2726-4
Depósito legal: M-2871-2013
Editor responsable: Luis Pugni
Fotomecánica: M.T. Color & Diseño, S.L. Las Rozas (Madrid)
Impresión en Black print CPI (Barcelona)
Fecha impresion para Argentina: 21.10.13
Distribuidor exclusivo para España: LOGISTA
Distribuidor para México: CODIPLYRSA
Distribuidores para Argentina: interior, BERTRAN, S.A.C. Vélez Sársfield, 1950. Cap. Fed./ Buenos Aires y Gran Buenos Aires, VACCARO SÁNCHEZ y Cía, S.A.

# Prólogo

*Julio*

Ese piso era más pequeño que el anterior, sin embargo, al estar vacío parecía mucho más grande. Él permaneció junto a la puerta del salón, mirando con inquietud algunos de los muebles que había recibido la semana anterior.

Allí estaban los dos sofás de terciopelo verde, colocados uno frente al otro y con la mesa de café de madera de roble en el medio. La estantería, y la lujosa alfombra color crema, de forma circular, que estaba frente a la chimenea.

Una pequeña selección, pero todo lo que habían elegido juntos, y que pensaban aumentar con el tiempo.

Solo que no quedaba tiempo. Ya no.

Notó que se le tensaban los músculos de la garganta y se clavó las uñas en las palmas de las manos para contener el grito que amenazaba con salir de sus pulmones.

Y al fondo del pasillo, detrás de la puerta cerrada de la otra habitación, la cama. Y los recuerdos en los que no podía permitirse pensar.

Él ni siquiera estaba seguro de lo que estaba haciendo allí. De por qué había regresado.

Brendan y Grace habían insistido en que se quedara con ellos, pero él no podía enfrentarse a la idea de que lo compadecieran, por muy genuino y bienintencionado que fuera el sentimiento. No podía digerir la idea de que lo trataran como a una víctima. Ni de sentirse como un auténtico idiota.

Al recordar el bombardeo de flashes y preguntas que recibió al salir de la oficina del registro mientras bajaba solo por los escalones, se puso tenso. No le habían perdonado nada y al día siguiente saldría en todos los periódicos. Era probable que los tabloides lo sacaran en primera página.

Pero había algunos asuntos más importantes que la destrucción de lo que se había convertido en su preciada intimidad.

Decisiones que debía tomar. Los muebles de los que debía deshacerse. Poner el piso a la venta. Eso era lo fácil. Podía hacerse a distancia por otras personas, igual que ya habían cancelado los vuelos y la reserva de la suite de un hotel de lujo en las Bahamas. O el pedido de flores y champán. Los planes de alquilar un barco para visitar otras islas.

Sin embargo, recuperarse del fracaso que había sufrido en su vida era otro asunto.

Se volvió y caminó por el pasillo hasta la habitación que sería su lugar de trabajo. Metió la mano en el bolsillo de la chaqueta y sacó una hoja de papel arrugada que llevaba consigo desde por la mañana. Decidió no volverla a leer. No hacía falta. Podía recitar su contenido de memoria, algo más que debía detener en ese mismo instante.

Desdobló la carta y la dejó sobre el escritorio para alisarla con el puño, después la metió en el triturador de papel y, en segundos, quedó convertida en pedacitos.

Ya estaba. Solo le faltaba borrarla de su cerebro. No era una tarea sencilla pero, de algún modo, lo conseguiría. Porque debía hacerlo.

Miró el reloj. No había nada más que lo retuviera allí. Nunca lo había habido. Una habitación de hotel, sosa e impersonal, lo estaba esperando. Nada de una cena íntima para dos personas, ni champán, ni pétalos de rosa sobre la almohada. Y después, tampoco vería unos ojos somnolientos pero sonrientes y llenos de satisfacción.

Solo una botella de whisky, un vaso, y con un poco de suerte, lo olvidaría todo.

Al menos, hasta el día siguiente, cuando, de algún modo, comenzaría su vida de nuevo.

# Capítulo 1

*El abril anterior...*

–Pero no lo comprendes. He quedado con alguien aquí.

Mientras la voz desesperada de la chica llegaba desde el otro lado de la habitación, Caz Brandon dio la espalda al grupo con el que estaba hablando en el bar y miró hacia la puerta, arqueando sus cejas oscuras con cierto disgusto. Solo para descubrir que su disgusto se convertía en un repentino interés por la recién llegada.

Debía de tener veintitantos años. Era bastante alta, delgada y más que atractiva, con una melena ondulada de color castaño rojizo que caía sobre sus hombros. Vestía el clásico vestido negro sin mangas y con escote, como muchas de las otras invitadas, pero se diferenciaba de ellas al llevar la falda con una abertura hasta media pierna que permitía ver un liguero de terciopelo negro con cristalitos un poco más arriba de la rodilla.

«Un toque intrigante», decidió Caz con franca apreciación. Y no pudo evitar hacer especulaciones al respecto. Aunque no era el momento ni el lugar para dejar vagar sus pensamientos, ya que tenía que ocuparse de los editores procedentes de Europa y del Hemisferio Sur que trabajaban para su empresa.

–Me temo que este es un acto privado, señorita, y su nombre no está en la lista –dijo con firmeza Jeff Stratton, el encargado de la seguridad para la recepción.

–Pero me habían invitado –sacó una tarjeta del bolso–.

Este hombre, Phil Hanson. Mire, incluso me escribió la dirección y la hora donde debía encontrarme con él en el revés de la tarjeta. Si puede localizarlo, le confirmará lo que digo.

–Por desgracia no figura ningún señor Hanson en la lista de asistentes. Me temo que alguien le ha gastado una broma. Sin embargo, siento decirle que tengo que pedirle que se vaya.

–Pero él debe de estar aquí –dijo con nerviosismo–. Me comentó que podría conseguirme un trabajo con Brandon Organisation. Es el único motivo por el que acepté venir.

Caz hizo una mueca. Parecía que la situación había pasado de ser un problema técnico a ser un problema de relaciones públicas. Si alguien había empleado el nombre de su empresa para gastarle una broma a esa chica, él no podía pasarlo por alto. Tenía que solucionarlo y era él, y no Angus, el jcfe del equipo de relaciones públicas, el que estaba allí.

Se disculpó ante el resto del grupo y se dirigió al otro lado de la sala.

–Buenas tardes, ¿señorita...? –dijo él.

–Desmond –contestó ella–. Tarn Desmond.

De cerca, era mucho más encantadora de lo que Caz había pensado en un primer momento, sus ojos verdes brillaban como si estuvieran humedecidos por las lágrimas y su tez clara estaba sonrojada a causa de la vergüenza. Su cabello tenía el brillo de la seda.

–¿Y a quién ha venido a ver? –preguntó él–. ¿A un tal señor Hanson? ¿Dijo que tenía alguna relación con Brandon Organisation?

–Dijo que trabajaba para un tal Rob Wellington en el departamento de personal. Y que me lo presentaría.

Caz blasfemó en voz baja. Aquello iba de mal en peor. Hizo un gesto para que Jeff se marchara y él obedeció.

–Me temo que no tenemos ningún empleado llamado Hanson –hizo una pausa–. ¿Conoce bien a ese hombre?

–No mucho. Lo conocí en una fiesta hace unos días. Nos pusimos a hablar y yo le mencioné que estaba buscando trabajo –dijo que quizá pudiera ayudarme y me dio esta tarjeta. Parecía simpático...

Caz miró la tarjeta un instante. Era una tarjeta barata de las que se hacen en grandes cantidades. Tenía impreso el nombre de Philip Hanson pero en ella no figuraba ninguna otra información, ni siquiera un número de teléfono móvil. Pero en el revés de la tarjeta figuraban la hora y el lugar del evento con letras mayúsculas.

El engaño parecía algo deliberado, aunque inexplicable. A Tarn Desmond la habían enviado allí.

–Bueno, esta es una situación extraña, señorita Desmond, pero no tiene por qué convertirse en una crisis. Siento de veras que la hayan enviado aquí por equivocación, pero no es necesario que nosotros aumentemos su decepción. Debe permitir que la compense de algún modo. ¿Puedo ofrecerle algo de beber?

–Gracias, pero quizá será mejor que haga lo que me ha pedido su rottweiler y me marche sin más.

«Mucho mejor», pensó Caz con ironía, al tiempo que se sorprendía por no querer verla marchar.

–Pero espero que no se vaya con las manos vacías –dijo él–. Si quiere trabajar para Brandon Organisation, ¿por qué no contacta con Rob Wellington a través de los canales habituales y ve lo que hay disponible? –le sonrió–. Me aseguraré de que él espere recibir noticias suyas.

–Bueno, gracias otra vez –dijo ella, y se volvió.

Él percibió su aroma a almizcle, suave y muy sexy, y al notar cómo reaccionaba su cuerpo, no pudo evitar fijarse otra vez en los cristalitos del liguero que llevaba.

«Si ha venido hasta aquí para causar impresión, lo ha conseguido», pensó él mientras regresaba junto a la barra. Pero necesitaría mejores referencias que esas para convencer al jefe del departamento de personal de que merecía ocupar un puesto en la empresa. Rob tenía unos cuarenta años, estaba felizmente casado y era bastante insensible a los encantos de otras mujeres, por muy jóvenes y atractivas que fueran.

Y en cuanto a él, con treinta y cuatro años y evidentemente soltero, tenía que dejar de pensar en la encantadora señorita Desmond y regresar al importante asunto que lo ocupaba esa noche.

Pero descubrió que no era tan sencillo como pensaba. Aquella mujer seguía presente en su cabeza mucho después de que terminara el evento y, solo, en su ático, tenía todo el tiempo del mundo para pensar. Y recordarla.

Tarn entró en el apartamento, cerró la puerta y se apoyó en ella un instante mientras calmaba su respiración. Después, se dirigió por el pasillo hacia el salón.

Della, la dueña del piso, estaba sentada en el suelo pintándose las uñas y, al verla entrar, dijo:

–¿Cómo te ha ido?

–Como la seda –Tarn se quitó las sandalias de tacón y se dejó caer en una silla–. Dell, no puedo creer la suerte que tengo. Estaba allí, en el bar. Lo vi nada más entrar –sonrió exultante–. Ni siquiera tuve que pasar el control de seguridad para ir a buscarlo. Y en cuanto comencé a soltar mi rollo, se acercó mostrándose preocupado y encantador. Se tragó cada palabra, y quería más. Casi ha sido demasiado fácil.

Sacó la tarjeta del bolso y la rompió.

–Adiós, señor Hanson, mi amigo imaginario. Has sido de gran ayuda, y ha merecido la pena imprimir estas tarjetas –miró a Della otra vez–. Y gracias por dejarme el vestido y esta monada –se quitó el liguero y lo volteó con el dedo–. Sin duda cumplió su propósito.

–Umm –Della puso una mueca–. Supongo que debería felicitarte, pero sigo pensando en decirte que mejor no lo hagas –tapó el esmalte de uñas y miró a su amiga muy seria–. No es demasiado tarde. Podrías retirarte y nadie sufriría.

–¿Nadie? –preguntó Tarn–. ¿Cómo puedes decir eso? Evie está en ese lugar espantoso, con la vida destrozada y todo por culpa de él.

–Estás siendo un poco dura con The Refuge –se quejó Della–. Tiene muy buenas referencias para el tratamiento de todo tipo de adicciones y problemas mentales, así que no creo que sea un sitio espantoso. Además, es muy caro –se quedó pensativa–. Me sorprende que la señora Griffiths pueda permitirse que ella esté allí.

–Al parecer están obligados a aceptar cierto número de pacientes de la sanidad pública –dijo Tarn–. Y no seas tan escéptica. Puede que Chameleon haya ganado mucho dinero durante los últimos años, pero no lo suficiente como para financiarle a Evie una clínica privada de lujo. Te prometo que yo no le estoy pagando las cuotas –se estremeció–. Cuando regresé y la vi allí me di cuenta del estado en que se encontraba. Prometo que haré que él pague por lo que ha hecho, y, no importa cuánto tarde o cuánto me cueste.

–Eso es precisamente. Lo ves, yo estaba pensando en un daño muy diferente –contestó Della–. En el coste potencial que tendría para ti.

–¿De qué estás hablando? –Tarn se puso inmediatamente a la defensiva.

–Lo que quiero decir es que, si la cosa se pone fea, puede que no te resulte tan sencillo dar el golpe mortal y marcharte, dejando la espada clavada en su espalda. Careces del instinto asesino, hija mía. No como la delicada Evie –hizo una pausa y continuó–: Por favor, Tarn, sé que te sientes muy agradecida hacia la familia

Griffiths por todo lo que han hecho por ti, pero sin duda ya les has pagado por ello más de una vez, económicamente y de muchas otras maneras. ¿Todavía tienes que acudir al rescate cada vez que tienen un problema? Hay un momento en el que hay que decir «¡Alto, ya basta!», y podría ser este. Por un lado, ¿qué pasa con tu carrera profesional? Sí, el tipo de trabajo que haces requiere que seas invisible. Pero no deberías ser invisible en la vida real. No puedes permitírtelo. ¿Has pensado en ello?

–Siempre me tomo un respiro entre proyectos –contestó Tarn–. Y mientras se finalizan las negociaciones del próximo contrato, todo esto habrá terminado y yo volveré al equipo. Además, le prometí al tío Frank antes de que muriera que cuidaría de tía Hazel y Evie, igual que él siempre cuidó de mí. Ya te conté que decidieron convertirse en padres de acogida porque pensaban que no podían tener hijos. Cuando Evie nació, podían haber pedido que los Servicios Sociales me llevaran a otra casa –suspiró–. Pero no lo hicieron, y estoy segura de que fue gracias a él más que a la tía Hazel. Nunca fui la muñequita dócil que ella siempre había deseado. Eso quedó claro a medida que fui creciendo. Pero no puedo culparla. Mirando atrás, probablemente se lo puse muy difícil. Se quedaron muy afectadas con la muerte del tío Frank. Estaban como barcas a la deriva y necesitaban un ancla. No puedo ignorarlas cuando necesitan ayuda.

–Bueno, si Evie confiaba en que Caz Brandon se convirtiera en el ancla de la familia, estaba muy equivocada –dijo Della–. No es un hombre que mantenga relaciones serias con las mujeres. De hecho, es famoso por ello, y te habrías enterado si no hubieses estado trabajando en el extranjero tanto tiempo, realizando visitas fugaces a tu país. Sin embargo, Evie ha estado aquí todo el tiempo y debería saber que él no es el tipo de hombre que piensa en contraer matrimonio –dudó un instante–.

Estoy haciendo de abogada del diablo, pero ¿es posible que ella simplemente haya malinterpretado las intenciones de Caz?

Se hizo un silencio y, después, Tarn contestó:

–Si es así, será porque él quería que ella lo malinterpretara. Eso es lo imperdonable. Del, está sufriendo de verdad. Confió en ese bastardo, y se creyó cada una de las mentiras que él le contó –negó con la cabeza.

–Puede que ella fuera muy ingenua, pero acabo de verlo en acción y es todo un personaje. Un depredador del mundo occidental a la caza de otra víctima –soltó una carcajada–. Cielos, incluso me pidió que me tomara una copa con él.

–Que, por supuesto, rechazaste.

–Por supucsto. Es demasiado pronto para eso –Tarn apretó los labios–. Va a descubrir lo que es sentirse engañado continuamente y luego que te dejen como si fueras un pedazo de basura.

–Por favor, ten cuidado –Della se puso en pie–. Puede que a Caz Brandon le guste salir con mujeres y abandonarlas después, pero no es tonto. No olvides que hace siete años heredó una empresa de publicidad con problemas y que la ha convertido en éxito internacional.

–Cuanto más grandes son, peor es la caída –dijo Tarn–. Y su éxito laboral no lo convierte en una persona decente. Ha de aprender que no se puede obtener lo que uno quiere para marcharse sin más. Que tarde o temprano se paga por ello. Y eso es lo que pienso enseñarle –añadió–. Por el bien de Evie.

–Entonces, lo único que puedo decir es que mejor que seas tú y no yo –dijo Della–. Me voy a preparar un café.

Una vez a solas, Tarn se recostó sobre los cojines y trató de relajarse. No necesitaba un café. Ya estaba bastante nerviosa. Y solo se encontraba en la primera parte del plan. El siguiente paso sería conseguir un trabajo en

Brandon Organisation. Lo de aquella tarde había sido un paseo por el parque comparado con eso.

«Puedes hacerlo», se dijo con convicción. «Hay mucho en juego... La humillación pública de Caz Brandon».

Por un momento, la imagen de él invadió su cabeza. Alto, de anchas espaldas, y muy elegante con el traje y la pajarita negra que llevaba. Su cabello oscuro peinado hacia atrás, dejando su rostro al descubierto. Sus ojos color avellana, sus largas pestañas y su nariz y barbilla prominentes.

«Oh, sí», pensó ella. Comprendía por qué Evie se había enamorado de él tan deprisa. Con muy poco esfuerzo, él podría ser irresistible.

De pronto, se estremeció.

Más tarde, esa misma noche, cuando no conseguía dormirse, recordó que estaba en Nueva York cuando recibió la llamada de su tía Hazel.

–Tarn... Tarn... ¿Estás ahí? ¿O es esa máquina horrible?

Por el tono agitado de su tía enseguida supo que había problemas. Además, su madre de acogida casi nunca llamaba para charlar sin más. Hacía mucho tiempo que no la llamaba y suponía que su tía estaría muy ocupada con los preparativos de la boda de Evie.

–Sí, estoy aquí –había contestado ella–. ¿Qué ocurre?

–Es Evie. Oh, cielos, Tarn –dijo de manera atolondrada–. Mi pobre niña. Se ha tomado una sobredosis de pastillas para dormir... Ha intentado matarse.

Tarn la escuchó horrorizada. Evie podía ser un poco rara a veces, pero ¿llevar a cabo un intento de suicidio? Eso era increíble. Y terrible.

–Tarn... ¿Has oído lo que he dicho?

–Sí –contestó–. Pero ¿por qué iba a hacer tal cosa? En sus cartas siempre parecía contenta.

–Pues ahora no lo está. Ya no –la tía Hazel lloraba sin parar–. Quizá no vuelva a estarlo nunca más. Porque él ha terminado la relación con ella. Ese hombre, el bruto con el que iba a casarse. La boda se ha anulado y ella ha tenido un ataque de nervios tan fuerte que la han llevado a una especie de casa de retiro y no permiten que vayamos a verla. Ni siquiera yo. Tarn, estoy muy nerviosa. Necesito que vengas. No puedo estar sola en un momento como este. Puede que yo también me derrumbe. Has de averiguar qué es ese sitio, The Refuge. Puede que hablen contigo. A ti se te da muy bien ese tipo de cosa.

–No te preocupes, tía Hazel. Iré en el primer vuelo disponible. Pero no deberías estar sola. ¿La señora Campbell podría quedarse contigo hasta que yo llegue?

–Oh, no –dijo la mujer–. Tendría que darle explicaciones y... No puedo. Nadie sabía lo de la boda, excepto nosotros. Todo iba a ser secreto. Y, si la señora Campbell se entera, le contará a todo el mundo que a mi hija la han dejado plantada y yo no podría soportarlo.

–¿Secreto? –preguntó Tarn asombrada–. ¿Y por qué?

–Porque así era como ellos querían. Sin escándalos –comenzó a llorar de nuevo–. ¿Quién iba a imaginar que terminaría así?

«Desde luego», pensó Tarn, mientras colgaba el auricular. Y ¿por qué diablos el director de la empresa de publicidad Brandon Organisation quería que su matrimonio fuera secreto? A menos, que nunca fuera a celebrarse... Y ese era otro secreto que él se había guardado para sí.

A Tarn le resultaba casi imposible creer lo que había sucedido. Era cierto que su madre de acogida siempre había sido muy emotiva y exagerada, sin embargo, esa vez parecía tener motivos para reaccionar de ese modo.

Caminó de un lado a otro de su apartamento tratando de pensar qué podía hacer.

Reservar un vuelo a Heathrow para el día siguiente era su prioridad. Pero también tendría que solucionar el problema de Howard, al que no le haría ninguna gracia oír que ella no lo acompañaría a Florida Keys para pasar unos días con unos amigos que él tenía allí.

Tarn dudaba acerca de cancelar el viaje. Llevaba saliendo con Howard un tiempo, pero había tenido cuidado de mantener una relación relajada igual que las otras que había mantenido en el pasado.

Sin embargo, era consciente de que ese estado podría mantenerse eternamente y que la invitación era un intento para llegar a una relación más íntima. Ella había aceptado porque no tenía ningún motivo para rechazarla.

Howard Brenton trabajaba como editor jefe con Van Hilden International, la empresa que publicaba las biografías de los famosos que Tarn reeditaba bajo el nombre de su empresa Chameleon. Y así era como se habían conocido.

Él era un hombre soltero, atractivo y divertido. A Tarn le gustaba, pero no estaba segura de si el amor surgiría alguna vez. A pesar de todo, había decidido que merecía que le dieran una oportunidad.

Después de todo, ¿a qué estaba esperando? ¿A encontrar a un príncipe azul galopando en un caballo blanco, como Evie, que le había estado enviando una carta tras otra contándole lo perfecto que era Caz Brandon, el hombre con el que se iba a casar?

Sin embargo, parecía que su enfoque acerca de las relaciones era el correcto porque el ídolo de Evie había demostrado ser escurridizo.

Ella negó con la cabeza. ¿Cómo podía haber salido todo tan mal? ¿Y tan deprisa? La última carta de Evie contándole los actos de generosidad que había tenido con ella su futuro marido y lo cariñoso que era con ella, le había llegado hacía poco más de una semana, indicando que su vida sería un camino de rosas. Tarn habría jurado que su amiga no tenía ninguna duda al respecto.

Sin embargo, debía de haber algo, una pequeña señal, que indicaba que no todo era estupendo. Y, si la había, ella la encontraría.

Reservó el vuelo, dejó un mensaje en el contestador automático de Howard proponiéndole que quedaran en su bar favorito cuando saliera del trabajo y se acercó a su escritorio.

Abrió un cajón y sacó las cartas de Evie. Había muchas, y en ellas le contaba con todo detalle las citas que había tenido con Caz Brandon, desde la primera, en la típica situación de jefe y secretaria, hasta la que probablemente había sido la última. Tarn se mordió el labio inferior. No estaba segura de por qué las había guardado.

A menos que las considerara la prueba de que los cuentos de hadas podían convertirse en realidad.

A Evie siempre se le había dado muy bien escribir. Llevaba un diario desde que era una niña y, en la juventud, había empezado a redactar poesías sobre su amor del momento.

Tarn se preparó una taza de té, se sentó en su butaca de cuero favorita y comenzó a leer en voz alta:

–«Tengo un trabajo fantástico y un jefe estupendo. Su secretaria está de baja por maternidad así que, con suerte, me quedo hasta que se le termine. Y después, ¿quién sabe?»

Irónicamente, Tarn recordaba que se había sentido aliviada al enterarse de que Evie por fin había encontrado un trabajo que le gustaba, y que lo único que había hecho falta para ello era tener un jefe atractivo.

En la siguiente carta, Evie le contaba que su jefe le había pedido que se quedara a trabajar durante la hora de la comida y que había encargado una bandeja de sándwiches que había compartido con ella.

«¿Y qué iba a hacer si no? ¿Comérselos delante de ella?», pensó Tarn.

–«Me ha hecho un montón de preguntas acerca de mis intereses, mis ambiciones... Es muy fácil hablar con él. Y sonríe con la mirada» –continuó leyendo Tarn.

«No me extraña», pensó Tarn. Recordaba que ella también había sonreído al ver el entusiasmo que mostraba Evie al principio. Pero ¿cómo podía haberle parecido divertido?

La curiosidad había hecho que buscara a Caz Brandon en Internet, y tenía que admitir que él era tal y como Evie lo había descrito o incluso mejor. «Pero ¿por qué no pude ver lo que era en realidad?», se preguntó mientras continuaba leyendo. Un cínico mujeriego que jugaba con los sentimientos de una chica vulnerable.

Durante la semana siguiente, el héroe de Evie había dejado de ser el señor Brandon para convertirse en Caz.

–«Caz me ha llevado a tomar una copa después del trabajo a una vinoteca estupenda. El local estaba lleno de famosos y me presentó a todos. No me lo podía creer».

Después le contaba que también la había invitado a cenar y describía el restaurante con todos los detalles, la decoración, el servicio, lo que habían comido y el vino que él había elegido.

«Como un niño en una juguetería», pensó Tarn dando un suspiro.

La invitó a cenar en más ocasiones, la llevó al teatro, a conciertos e incluso a estrenos de cine. Después, la invitó a pasar el fin de semana en un hotel romántico en el campo.

–«Por supuesto no puedo seguir trabajando para él» –había escrito Evie–. «Tiene una norma acerca de no mezclar el trabajo con el placer, y dice que soy puro placer. Así que van a cambiarme de departamento. También lo está organizando para que me mude a mi propia casa para que podamos estar juntos cuando queramos y, al mismo tiempo, protegerme de que la gente rumoree y saque conclusiones equivocadas. Ahora sé lo que significa "amar", porque eso es lo que Caz siente por mí».

Durante unas semanas Evie no escribió nada y, después, le dio la noticia:

–«Tarn, estamos comprometidos» –leyó ella en voz alta–. «Me ha comprado un anillo de diamantes precioso. Debe de haberle costado una fortuna, y con ello me demuestra que me quiere. Lo que siento es no poder llevarlo al trabajo, pero sé que he de ser discreta. No puedo creer que me haya elegido a mí. Todas sus novias han sido famosas y glamurosas. Pero, por algún milagro, quiere pasar el resto de su vida conmigo».

A Tarn le había parecido comprensible y había tratado de ignorar las dudas que le generaba la rapidez de aquel compromiso. Evie era lo suficientemente guapa como para que se fijaran en ella y su falta de sofisticación quizá supusiera un alivio para los hombres acostumbrados a las mujeres de alto nivel.

–«Su piso es maravilloso» –siguió leyendo en voz alta–. «Un ático grande desde el que se ve gran parte de Londres, y tiene una colección de arte moderno impresionante. Dice que me enseñará a comprenderlo cuando estemos casados. También tiene la cama más impresionante que he visto nunca. Yo bromeo diciéndole que igual me pierde en ella, pero dice que no corre peligro. Que por muy lejos que vaya, me encontrará. ¿No es maravilloso?».

«No es la palabra que yo habría elegido», pensó Tarn, soltando la hoja de la carta como si le quemaran los dedos. El resto de la carta continuaba con los detalles de los planes de boda, el vestido, las flores y el posible viaje de luna de miel.

–«Estar con Caz es como si mi sueño se hubiera hecho realidad. ¿Cómo puedo ser tan afortunada?» –Tarn recordaba lo que venía después.

Pero la suerte de Evie había cambiado, y de pronto, había descubierto lo rápido que podía pasarse de un sueño a una pesadilla. Y la idea de vivir sin él le resultaba insoportable, hasta el punto de que había tratado de suicidarse.

Tarn se sentó mirando el montón de papeles que tenía en el regazo. Pensó en Evie, con su cabello rubio y sus grandes ojos azules, la niña inesperada, a la que se le habían justificado sus errores y consentido sus flaquezas. La habían mimado durante toda la vida, y esperaba que el hombre que decía amarla hiciera lo mismo con ella.

¿No era algo tremendamente cruel? Sentía un nudo en la garganta y deseaba llorar, pero así no ayudaría a Evie. Necesitaba estar fuerte y alimentar la rabia que sentía en su interior para avivarla.

–La has destrozado, bastardo –dijo en voz alta y con frialdad–. Pero pagarás por ello porque, de algún modo, voy a hacer lo mismo contigo.

Varias semanas más tarde, esas palabras todavía resonaban en su cabeza. Y esa noche, Tarn había dado el primer paso para vengarse de Caz Brandon.

# Capítulo 2

THE Refuge era una casa grande de ladrillo rojo construida en un enorme terreno ajardinado.

En su primera visita, y al ver que había mucha gente sentada en el césped al sol, Tarn pensó que aquel lugar parecía un hotel rural de lujo, hasta que se percató de que muchas de esas personas llevaban las batas blancas y los pantalones característicos del personal médico.

Nada más entrar, la idea de paz y tranquilidad que se había formado en su cabeza, desapareció.

Ella sabía que le habían concedido permiso para ver a Evie a modo de excepción, pero no imaginaba que le pedirían que dejara el bolso en una pequeña habitación que había en la entrada diciéndole que se lo devolverían a la salida, ni que tendría que someterse a un rápido cacheo antes de que la llevaran al piso de arriba para entrevistarse con el doctor Wainwright, el director de la clínica.

Y cuando protestó por cómo la habían tratado, el hombre de pelo cano y barba que estaba sentado detrás de un escritorio, ni se inmutó.

–Nuestra preocupación es el bienestar y la seguridad de los hombres y mujeres que están bajo nuestro cuidado, señorita Griffiths, y no su susceptibilidad –dijo él.

Tarn decidió no discutir acerca de su apellido y lo miró fríamente.

–Ni por un momento piense que quiero hacer daño a mi hermana.

El hombre abrió la carpeta que tenía delante.

–Su hermanastra, creo recordar.

–¿Hay alguna diferencia?

–Es uno de los aspectos del caso que hay que considerar –contestó él–. Confío en que comprende las condiciones de su visita.

Tarn se mordió el labio inferior.

–No he venido a preguntarle sobre lo que ha pasado o por qué lo ha hecho –contestó con tono neutral.

«No necesito hacerlo ya que con sus cartas he averiguado todo lo que necesito saber. Pero eso no voy a decírtelo», pensó.

–Tampoco voy a presionarla para que me cuente el tratamiento que recibe aquí.

–Correcto –la miró por encima de la montura de las gafas–. Es una lástima que hayamos tenido que impedir que su madre venga a visitar a la señorita Griffiths temporalmente, pero parece una mujer excitable y muy emotiva y su presencia aquí no sería de mucha ayuda.

–¿Alguna otra persona tiene permiso para verla?

–Nadie –cerró la carpeta–. Puede que esa condición se revise si progresa adecuadamente –apretó un timbre–. La enfermera Farlow la acompañará a verla.

Ella se detuvo en la puerta.

–Le he traído a mi hermana sus trufas de chocolate favoritas. Están en el bolso que me han requisado. Me gustaría dárselas.

–Me temo que por el momento no puede recibir regalos ni comida. Para el futuro debería comprobar si está permitido traerle algún regalo.

«Es más una prisión que una clínica», pensó Tarn, mientras una mujer rubia la acompañaba por un laberinto de pasillos. Parecía que trataban a Evie como si fuera una delincuente en lugar de una paciente.

¿Es que no comprendían lo que había sucedido? ¿Que Evie había sido utilizada por un rico bastardo que la había abandonado una vez que se había aburrido después de obtener todo lo que quería de ella? ¿Que el intento de suicidio había sido un acto de desesperación?

Cuando se detuvieron frente a la puerta de la habitación, la enfermera miró a Tarn y le advirtió:

–La primera visita solo dura quince minutos. Cuando termine el tiempo, volveré a recogerla –abrió la puerta y dijo–: Ha venido alguien a verte, cariño.

Tarn esperaba encontrarse algo parecido a una celda con barrotes en las ventanas. Sin embargo, se encontró con una habitación agradable con muebles modernos, cortinas azules y paisajes marinos en las paredes. Evie estaba en la cama apoyada sobre unos cojines y con los ojos cerrados y Tarn estuvo a punto de retroceder al verla.

Tenía el cabello lacio, el rostro ojeroso y el cuerpo como encogido bajo el edredón.

«Menos mal que no han dejado venir a la tía Hazel», pensó y tragó saliva. «A mí me han entrado ganas de llorar».

Junto a la ventana había un par de butacas y Tarn acercó una de ellas a la cama.

Durante varios minutos permanecieron en silencio y, finalmente, Evie dijo:

–¿Caz? Oh, Caz, ¿eres tú? ¿Por fin has venido?

Durante un instante, Tarn fue incapaz de pronunciar palabra debido a que un sentimiento mezcla de rabia y lástima la invadía por dentro. Después, estiró el brazo y le agarró la mano, diciéndole:

–No, cariño. Solo soy yo.

Evie abrió los ojos despacio. Su color era extremadamente pálido, como si se hubieran desteñido a causa del llanto.

–Tarn –dijo con un suspiro–. Sabía que vendrías. Tienes que sacarme de aquí. No dejan que me vaya, aunque no hago más que pedirlo. Dicen que, si quiero sentirme mejor, tengo que olvidarme de Caz. Olvidar lo mucho que lo quiero. Aceptar que todo ha terminado entre nosotros. Pero no puedo... No puedo... Me dan medicación para ayudar a que me relaje, o eso dicen. Para hacerme dormir, pero sueño con él, Tarn. Sueño que todavía es mío –agarró la mano de Tarn con fuerza–. No quería seguir viviendo sin él. No podía enfrentarme a otro día sin esperanza. Lo comprendes, ¿verdad? Debes de comprenderlo, porque tú sabes lo que significaba para mí, y como había construido mi futuro con él.

–Supongo que sí, pero terminar con todo no es la respuesta adecuada, créeme –hizo una pausa–. Evie, tú eres una chica muy guapa y algún día conocerás a otro hombre. Alguien bueno y decente que te aprecie y quiera pasar el resto de su vida contigo, de verdad.

–Pero yo quería a Caz –le apretó la mano con tanta fuerza que resultaba casi insoportable–. Le di todo lo que tenía. ¿Cómo ha podido rechazarme de ese modo? ¿Cómo es posible que haya dejado de quererme?

–No lo sé –Tarn retiró la mano–. Pero es mejor que no hablemos sobre eso ahora o te agitarás y no me dejarán volver a visitarte.

–Y tú eres todo lo que tengo –Evie se recostó sobre los almohadones–. Porque Caz no va a venir nunca, ¿verdad? He estado esperándolo, pero no va a suceder. Ahora lo sé –las lágrimas rodaron por sus mejillas–. ¿Cómo ha podido marcharse como si yo no importara?

Tarn sintió que la rabia la invadía de nuevo y cerró los puños con fuerza para recuperar el control.

–Pero sí que importas –dijo con voz temblorosa–. Y algún día se dará cuenta de cuánto y se arrepentirá más que nunca.

Sacó un pañuelo de papel de una caja que había sobre la mesilla y se lo tendió a Evie.

–Sécate los ojos e intenta aparentar que mi visita te ha beneficiado. La próxima vez que venga hablaremos seriamente sobre cómo tratar el asunto del señor Caz Brandon.

Esa noche, durante la cena, Tarn dijo:

–¿Qué te parecía el novio de Evie, tía Hazel? ¿Alguna vez sospechaste que no les iba bien en la relación?

Su madre de acogida dejó los cubiertos sobre el plato y la miró.

–No llegué a conocerlo –dijo–. Solo sabía lo que Evie me contaba y, por supuesto, ella lo adoraba.

–¿No lo conoces? –repitió Tarn despacio–. Pero ¿cómo puede ser? ¿Quieres decir que nunca lo trajo a casa?

–Bueno, no estaba muy dispuesta a hacerlo –dijo la señora Griffiths a la defensiva–. Él lleva una vida de lujo y esta es una casa pequeña y corriente. Pero estaban pensando en celebrar una gran fiesta cuando anunciaran su compromiso y allí iba a conocerlo yo.

–Ya veo –dijo Tarn–. ¿Y a ti te parecía bien?

–Mientras mi hija estuviera contenta, yo también –dijo la señora Griffiths para zanjar el tema.

Pero Tarn continuó el resto de la noche dándole vueltas al asunto.

Cuando Tarn regresó a The Refuge unos días más tarde, se sorprendió de que el director la recibiera con una sonrisa.

–Se dará cuenta de que su hermana ha mejorado ligeramente. Está deseando verla otra vez –hizo una pausa–. Pero en un futuro inmediato tendrá que seguir siendo su única visitante. ¿Le trae algún mensaje de otra persona? Si es así, ¿puedo saber cuál es?

–Su madre quiere que le diga que la quiere –Tarn alzó la barbilla–. Espero que eso sea aceptable.

–Por supuesto –dijo él, y timbró para llamar a la enfermera Farlow.

Evie, estaba sentada junto a la ventana y vestida con un camisón. Acababa de lavarse el cabello y caía ondulado alrededor de su rostro.

–¡Vaya! –Tarn se agachó y la besó en la mejilla–. A este paso saldrás de aquí enseguida.

–Ojalá –dijo Evie con un suspiro–. Pero no me darán la oportunidad. Ya me lo han dejado claro. Es lo que ocurre cuando uno hace locuras. Y todo por culpa de él –se golpeó en la palma de la mano con el puño cerrado–. Eso fue la locura, creerme lo que él me decía. Confiar en él. Tenía que haberme dado cuenta de que me estaba utilizando –le tembló la voz–. Oh, cielos, debería haber intentado matarlo a él por lo que me hizo, y no de suicidarme. Eso no es suficiente. Quiero que él desee estar muerto.

–Bueno, a lo mejor podemos conseguirlo –Tarn se sentó frente a ella–. Pero sigue tranquila, cariño, porque hay algunas cosas que necesito saber.

Evie se mordió el labio inferior.

–¿Qué tipo de cosas?

–Cosas que podrías haberle contado. Sobre tu madre. Sobre mí.

Se hizo un silencio y Evie tardó en contestar:

–Yo no le conté nada. Él no quería hablar de mi familia.

–¿Y no te resultó extraño? –preguntó Tarn con delicadeza.

–Era como era –Evie se encogió de hombros–. Y yo lo aceptaba. ¿Por qué lo preguntas?

–Porque será de gran ayuda si él no sabe que yo existo. Cuando me encuentre con él no estará alerta.

–¿Vas a quedar con él?? –Evie se puso tensa y palideció–. No puedes. No deberías. No sabes cómo es.

–Eso es exactamente lo que voy a descubrir –dijo

Tarn–. Necesito saberlo todo acerca de él, porque para hacerle daño tengo que descubrir su punto débil, y seguro que tiene uno. Todo el mundo lo tiene –hizo una pausa–. ¿Estás segura de que nunca me has mencionado? ¿Nunca le has dicho mi nombre?

–No, nunca –Evie negó despacio con la cabeza–. ¿Por qué iba a hacerlo? –se estremeció–. En cualquier caso, mantente alejada de él, Tarn. No es seguro. Tiene amigos poderosos.

–No correré ningún riesgo innecesario. El hecho de que no tenga ni idea de quién soy me da ventaja –Tarn intentó hablar de manera tranquilizadora, aunque se sentía desconcertada por la advertencia de Evie. Sin duda, Caz Brandon era suficientemente poderoso por sí mismo–. Si quiero provocarle el mismo dolor que él te ha causado a ti, tengo que acercarme a él de algún modo. Y encontrar la manera de herirlo de gravedad.

–¿Crees que puedes hacerlo? –susurró Evie–. Entonces, quizá la loca seas tú. No yo.

–Al menos puedo intentarlo –contestó Tarn–. No voy a contarle nada de esto a tu madre. Y tú tampoco deberías contárselo a nadie. Ha de ser nuestro secreto. También sería mejor que me mudara de Wilmont Road –añadió–, y vaya a vivir con una amiga.

–Hablas en serio, ¿verdad? Vas a hacerlo de veras –Evie se movió en la silla con inquietud–. Ojalá nunca lo hubiera mencionado –dijo con expresión tensa–. Me duele la cabeza. Quizá sea mejor que te vayas.

–Sí, por supuesto –Tarn se puso en pie y la miró con preocupación–. Evie, hay que enseñarle a ese hombre que no puede ir por la vida pisoteando a la gente. Lo que ha hecho contigo ha estado a punto de provocar un final terrible, y eso no puedo olvidarlo. Tú no estás en situación de enfrentarte a él, pero yo sí –intentó forzar una sonrisa–. Y no tienes por qué preocuparte.

–¿Crees que no? –Evie se encogió de hombros y se

volvió para mirar por la ventana–. Eso es porque no lo conoces –dijo, y se estremeció de nuevo.

Fue su cabello lo que Caz reconoció. Lo llevaba recogido en una trenza y atado con un lazo de color azul que hacía juego con su pantalón, y su color caoba era inconfundible.

Él nunca había imaginado que la volvería a ver y, sin embargo, allí estaba, en un ascensor que subía hasta la quinta planta, mirando su Blackberry con el ceño fruncido y, aparentemente, sin prestar atención a todo lo demás.

–Es usted la señorita Desmond, ¿no es así?

Ella levantó la vista sorprendida.

–Uy –se mordió el labio inferior–. Es usted –hizo una pausa–. Siento que la otra tarde no me diera cuenta de quién era usted, señor Brandon. Estoy completamente avergonzada.

–No se preocupe por ello –dijo Caz–. Pero aunque no pretendo hacer que se sienta todavía más incómoda, quizá debería advertirle que este es el ascensor privado de los directores y, si alguien la ve, podrían echarle la bronca por utilizarlo.

–Oh, cielos, creo que algo me mencionaron, pero me olvidé y tomé el primero que llegó. Le pido disculpas otra vez.

–¿Deduzco que ahora trabaja aquí?

–Desde el lunes –miró de reojo con una mezcla de timidez y picardía–. Seguí su consejo y solicité empleo a través de los canales adecuados. El señor Wellington me ha contratado de forma temporal –hizo una pausa–. ¿Debería salir en la primera planta o ir hasta la planta baja y arriesgarme a que me echen una buena reprimenda?

–Continúe a bordo –dijo él–. Si alguien se da cuenta, dígale que hable conmigo y yo les diré que nos conocemos de antes y que estábamos poniéndonos al día.

–Ah –dijo ella, y apretó el botón–. Creo que ir por las escaleras será más discreto.

Cuando se abrió la puerta, ella sonrió por última vez y desapareció.

«Debería haber una ley que prohibiera que las chicas con unas piernas como esas llevaran pantalones a la oficina», pensó Caz. «Igual que hay una ley que consideraría mis pensamientos como un tipo de acoso sexual pasivo».

«Tranquilo, amigo. O quebrantarás tu regla de oro acerca de no confraternizar. Si necesitas compañía femenina, llama a Ginny Fraser y pregúntale si quiere salir a cenar».

Eso fue lo que hizo, y ella aceptó la invitación. Así que ahí debería haber terminado la historia. Sin embargo, más tarde, en el comedor de los directivos, no pudo evitar comentar en tono casual:

–Rob, hoy me he encontrado con tu nuevo fichaje.

–No merezco reconocimiento por ello –dijo el jefe del departamento de personal–. Me dijiste que era posible que ella enviara una solicitud de empleo. Simplemente... Capté la indirecta.

Caz lo miró paralizado.

–Oh, no, espero que no...

Rob Wellington sonrió.

–No te preocupes. Por supuesto que no. Laurie la entrevistó primero y me envió una nota diciendo que estaba sobradamente cualificada para cualquiera de nuestras vacantes, pero creía que debíamos comentárselo a la interesada. Me reuní con ella y aceptó, así que, de momento, está trabajando como asistente editorial en All Your Own, sustituyendo a Susan Ellis que está de baja por maternidad.

–En cualquier caso, a juzgar por las referencias que tenemos de Hannah Strauss, de Uptown Today, en Nueva York, la señorita Desmond podría llevar toda la revista sola.

Caz arqueó las cejas.

–Si tenía tanto éxito en Manhattan, ¿cómo es que ha regresado a Londres y ha aceptado un trabajo en el que le pagan una miseria? –preguntó con escepticismo–. No tiene sentido.

–Le hice esa pregunta –dijo Rob–. Dijo que había regresado a casa porque tenía un familiar enfermo y que había decidido quedarse una temporada –hizo una pausa–. He de decir que parecía demasiado interesada en trabajar para nosotros. ¿Deberíamos sospechar de ella por algún motivo?

–Quizá simplemente deberíamos sentirnos halagados –dijo Caz, y se quedó pensativo durante un instante–. ¿Sabes algo acerca de un tal Philip Hanson? ¿Hemos contratado alguna vez a alguien con ese nombre?

–Te diría que no. Pero miraré en los archivos.

Caz echó la silla hacia atrás y se puso en pie.

–Olvídalo –le dijo–. No es tan importante y tú ya tienes bastantes cosas que hacer.

«Y yo también me olvidaré de este asunto», pensó.

Y como gesto para conseguir su objetivo, cuando regresó al despacho le pidió a Robyn, su secretaria, que le enviara un ramo de flores a Ginny Fraser.

Tarn apagó el ordenador y se apoyó en el respaldo de la silla moviendo los hombros. Había pasado unas horas de tensión pero sabía que el trabajo que le habían encargado estaba bien hecho y se lo reconocerían.

«Es curioso que le dé importancia», pensó.

En otras circunstancias, sabía que habría disfrutado trabajando en All Your Own. Sus compañeros eran agradables y buenos profesionales, y Lisa Hastings, la editora que habían contratado recientemente, le caía muy bien.

De hecho, ella había sido la primera en oír el grito

angustiado que había dado Lisa mientras hojeaba el texto que le acababan de entregar.

–Oh, cielos... por favor, que alguien me diga que es una broma.

–¿Qué ocurre? –Tarn le había preguntado a Kate, que estaba a cargo de la publicación de la revista.

–¿Has oído hablar de Anetta Carmichael, la estrella de televisión? Al parecer, cuando la retiraron después de que el día de Navidad bajaran los índices de audiencia, ella decidió empezar su carrera como escritora y le han ofrecido un montón de dinero por su primera novela, una crítica incisiva acerca del mundillo secreto de la televisión. La lucha de una mujer por mantener su integridad ante un sórdido pasado de tragedia y traición.

–Prácticamente se podía oír cómo afilaban el hacha. Sin embargo, Brigid, la predecesora de Lisa, pensó que sería una gran idea encargarle un cuento corto por una suma igualmente generosa. Creo que el producto final ha llegado mucho después de la fecha límite y con un nivel mucho más bajo de lo esperado.

–Me gustaría devolvérselo y decirle que comience de nuevo –dijo Lisa–, pero se ha ido a algún lugar de El Caribe con el marido de otra y, según su agente, está ilocalizable.

Golpeó el escritorio con el texto.

–Necesitamos este texto. Ya está anunciado... ¡Y va a ser un desastre!

–¿Qué le ocurre al texto? –preguntó Tarn.

–¿Quieres decir: «¿aparte de que es aburrido desde el principio y no tiene esperanzas de mejorar»? –se quejó Lisa–. Necesita que lo reescriban, pero es el cumpleaños de mi hijo y le he prometido a mi marido que regresaría a tiempo para la celebración. Debería haberme imaginado que surgiría algo y lo estropearía todo.

–¿Quieres que le eche un vistazo? –preguntó Tarn–.

He hecho cosas así en el pasado, y así tendrás la oportunidad de marcharte tal y como habías planeado.

–¿Hablas en serio? Porque todo lo que puedas hacer, aunque solo sea revisar la ortografía y gramática, será de gran ayuda.

Una vez en su escritorio, Tarn silbó al hojear las páginas del texto. Todo lo que Lisa le había dicho estaba justificado. Era un auténtico horror.

Recordaba los montones de autobiografías interminables e inconexas que había transformado en el pasado para convertirlas en textos legibles y vendibles.

Al menos, ese texto tenía la ventaja de que era corto. «Nunca he reescrito ficción, pero será todo un reto», pensó. Cuando Lisa llegue a la oficina mañana tendré preparado un nuevo borrador.

La oficina comenzaba a vaciarse cuando ella empezó a leer. Cuando terminó de reescribir la historia, tras varias visitas a la máquina de café, el edificio estaba en silencio y casi a oscuras.

Imprimió la nueva versión, grapó sus páginas y la llevó al escritorio de Lisa.

Regresó a su puesto y se sentó para terminarse la taza de café.

Estaba cansada y tenía hambre, puesto que no había comido nada desde el mediodía. Pero la invadía una curiosa sensación de satisfacción.

No había visto a Caz desde que, semanas atrás, se encontró con él en el ascensor. Estaba segura de que Caz la había encontrado atractiva otra vez, pero él no había hecho ningún movimiento por su parte y en la oficina se rumoreaba que estaba saliendo con Ginny Fraser, la presentadora de televisión.

Además, también le habían contado que nunca ligaba con alguien de la oficina. Y eso demostraba lo poco que sabían acerca de él. Pero también el hecho de que él debía de haberse sentido verdaderamente atraído por Evie. Y, si había llegado a pasar por alto sus principios en una ocasión, sería capaz de hacerlo otra vez.

Tenía que ir a visitar a Evie, pero le habría gustado esperar a tener algo positivo que contarle. Y nadie sabía cuánto tardaría ese momento en llegar.

Se puso la chaqueta, agarró el bolso y salió por la puerta de cristal.

Cuando se dirigía hacia los ascensores, oyó que una voz familiar le decía:

–¿Trabajando horas extra, señorita Desmond?

Tarn se volvió boquiabierta y dejó caer el bolso al suelo, como si hubiese visto un fantasma. Momentos antes, estaba preguntándose si no estaría perdiendo el tiempo y si quizá debería olvidar la venganza y continuar con su propia vida. De pronto, Caz Brandon había aparecido de la nada, como si su pensamiento lo hubiera hecho aparecer.

–Me ha asustado –dijo ella.

–Yo también me asusté cuando regresé para recoger mi maletín y vi que había luz en esta planta –contestó él–. ¿Qué está haciendo aquí a estas horas de la noche?

–Como bien dijo, horas extra –Tarn se arrodilló y comenzó a recoger los objetos que se le habían caído del bolso–. Pero no se preocupe. Es el tipo de trabajo que se hace de manera voluntaria, sin cobrar. Había un proyecto que tenía ganas de acabar.

–¿El día de trabajo no tiene suficientes horas para usted? –es agachó para recoger un pintalabios y se lo entregó–. ¿Y no tiene nada mejor que hacer por las noches que quedarse aquí?

–La mayor parte del tiempo sí –contestó Tarn con frialdad mientras cerraba el bolso–. Lo de hoy es una excepción.

Sabía que lo estaba haciendo todo mal, pero se sentía confusa tras el inesperado encuentro. También se sentía desaliñada con la ropa que llevaba después de todo el día, y deseaba haberse puesto más pinta labios o haberse refrescado el aliento.

Él, por otro lado, tenía un aspecto elegante con el traje oscuro y la corbata de seda de color carmesí que llevaba.

«Es mi oportunidad de oro», pensó ella. «Puede que no tenga otra y que simplemente haya malgastado las últimas semanas de mi vida. He ensayado este momento montones de veces, sin embargo, no se me ocurre qué decir. Ni qué hacer».

–Parece cansada –dijo él–. ¿Cuándo ha sido la última vez que ha comido?

–Al medio día.

–Entonces la llevaré a cenar algo. Hay un restaurante italiano al que voy yo que abre hasta muy tarde.

–No... Por favor. Estoy bien. No quiero molestarlo.

–No es ninguna molestia. Si quiere, considérelo una recompensa por su lealtad más allá del deber –hizo una pausa–. ¿Nos vamos?

Tarn contestó sin pensar, con una voz que apenas reconocía:

–En ese caso... Sí, por favor.

# Capítulo 3

MIENTRAS caminaba a su lado por la calle iluminada, Tarn se percató de que aquello era justo lo que ella quería, lo que había tratado de planear en vano. Sin embargo, una vez que lo había conseguido, su instinto le decía que huyera. Y rápido.

Cuando llegaron a la acera, ella se tropezó y él la agarró del brazo.

–Tenga cuidado –le advirtió él.

Ella notó el calor de su piel a través de la tela de la chaqueta. Le dio las gracias, deseando liberarse de su mano pero sin atreverse, furiosa consigo misma por su torpeza y por la tensión interna que la provocaba. Además, era consciente de que a pesar de que él no le gustara, el roce de su mano le provocaba un cosquilleo en la piel.

«Tendré cuidado», pensó ella con un nudo en la garganta. «Por supuesto que lo tendré».

Cruzaron una calle y después otra, antes de continuar hasta Trattoria Giuliana.

El local estaba lleno y un delicioso aroma a especias y ajo invadía el ambiente. El propietario recibió a Caz con una sonrisa y enseguida los llevó hasta una mesa que había en una esquina, donde les sirvieron dos copas de *prosecco.*

Para su vergüenza, Tarn se percató de que la boca se le hacía agua.

–Salud –dijo él, levantando la copa.

Ella chocó la copa contra la de él y se alegró al ver que les entregaban la carta, porque así podría centrarse en otra cosa aparte del hombre que la miraba fijamente desde el otro lado de la mesa.

«Contrólate», se amonestó en silencio mientras miraba la lista de platos. «Si él te encuentra atractiva, sácale el máximo partido. Si fuera otra persona, estarías disfrutando de la situación y preguntándote cuándo podrías empezar a coquetear un poco».

«Y todos esos rumores acerca de que evita tener aventuras amorosas con las mujeres de la oficina es mentira. Evie no era una excepción. Me lo está dejando claro ahora mismo».

«Pero, si va a sufrir lo que merece, necesitas que no solo se sienta atraído por ti. Tiene que desearte tanto que se convierta en una enfermedad para él. Una enfermedad para la que nunca le ofrecerás cura».

«Estás acostumbrada a mantener a raya a los hombres. Llevas haciéndolo desde la adolescencia. Puedes hacerlo otra vez durante el tiempo que sea necesario».

«Además, él es el jefe y tú solo eres una empleada que trabaja en una de las muchas publicaciones de Brandon Organisation, así que tienes excusa para mantener una distancia respetable. Pero también ha llegado el momento de dejar de ser distante y pasar a ser más amistosa».

Ella suspiró y lo miró batiendo las pestañas.

–No sé qué elegir. Puesto que vienes aquí a menudo, ¿qué me recomiendas?

Él contestó con una sonrisa.

–Si te gusta la ternera, la *Saltimbocca Romagna* suele ser excelente.

–No tengo inconvenientes con la comida –dijo ella–. Pediré la ternera y los ñoquis para empezar.

–Yo también, pero comenzaré con el risotto de champiñones salvajes.

Caz pidió la comida y una botella de Friulano para acompañar.

–Entonces, parece que estás disfrutando de tu trabajo en All Your Own –le dijo después de que el camarero les sirviera el pan y un cuenco con aceite de oliva y se marchara–. ¿Qué puntuación le darías como revista?

–Diría que cumple con casi todos sus objetivos.

–Normalmente solía hacerlo –dijo él–. Sin embargo, la anterior editora estaba empeñada en atraer a lectores mucho más jóvenes –bebió un poco de vino–. El número de ventas descendió.

–Ah –dijo ella–. Lo que he estado reescribiendo es la historia de Anetta. Está dirigida al mercado joven.

–¿Reescribiendo? –arqueó las cejas–. ¿Eso entra dentro de la competencia de una asistente?

–Cualquier cosa habría mejorado la presentación original –dijo Tarn–, pero Lisa le dará el toque final.

–No era una crítica. Estoy impresionado de verdad –empujó el cuenco de aceite de oliva especiado hacia ella–. Pruébalo con pan. Parece que estás a punto de desmayarte a causa del hambre.

«Su lado cariñoso», pensó Tarn, tratando de combatir la furia que la invadía mientras probaba el pan y emitía sonidos de aprobación. Y sin duda era un restaurante muy agradable. De aspecto elegante combinado con un ambiente acogedor.

«Me pregunto si fue aquí donde trajo a Evie la primera vez», pensó ella. «Si también le sugirió lo que podía pedir y si le preguntó si estaba contenta en el trabajo».

«Y Evie estaría entusiasmada. Como no estaba acostumbrada a lugares como este, miraría a su alrededor y se emocionaría por momentos. Incapaz de creer que estaba en ese restaurante glamuroso con un hombre como él».

Todo en Caz indicaba que tenía dinero, su ropa elegante, el reloj que llevaba en la muñeca. Y eso, sumado al aura de poder que portaba sin esfuerzo, era una combinación letal.

«Ella era un corderito en el matadero», pensó Tarn con amargura. «Y es probable que él esté empleando el mismo guion conmigo que empleó con ella en su primera cita. Tengo que asegurarme de que quiera volver a verme, y no solo por casualidad, sino porque no pueda mantenerse alejado de mí».

–Tarn, es un nombre muy bonito y poco habitual –dijo él, con tono reflexivo.

–Sí –dijo ella–. Solía pensar que demasiado. No hay muchas chicas con el nombre de un lago, así que en el colegio me renombraron y me llamaban Drippy.

–¿Y tú qué decías?

–Nada. Que ni era ñoña ni goteaba, que era lo que significaba el mote –Tarn se encogió de hombros–. Fingir que no los oía. No me importaba. Pero continuaron llamándome así durante años. Confiaba en que se cansaran de la broma, pero no fue así.

–Los niños pueden llegar a ser monstruos. ¿Alguna vez se lo contaste a tus padres y consiguieron que tus compañeros se disculparan?

–No. Nunca –dijo ella–. ¿Y Caz, de dónde viene?

–Nací el seis de enero y mi madre insistió en que debían llamarme como uno de los tres Reyes Magos, afortunadamente eligió Gaspar, y no Melchor o Baltasar, si no, el problema habría sido mayor. Después empezaron a llamarme Caz –sonrió–. Así que ya tenemos una cosa en común.

–Y probablemente sea la única –dijo mostrando cierto disgusto.

–¿Por qué dices eso?

–¿No es evidente? –se encogió de hombros–. Tú eres el dueño de la empresa. Yo, trabajo en ella.

–¿Y eso te parece un obstáculo insuperable para llegar a conocernos mejor?

–Creo que debería serlo –lo miró–. Y, si eres sincero, a ti también debería parecértelo.

–Si lo que preguntas es si suelo salir con mis empleadas, la respuesta es «no» –añadió–. Además, esta no es una verdadera cita.

Ella se sonrojó.

–No... No, lo comprendo.

–Pero lo será la próxima vez –dijo con naturalidad.

En ese momento les sirvieron el vino y el primer plato y Tarn, tratando de disimular su sorpresa, se preguntó si lo había oído correctamente.

Porque todo estaba sucediendo demasiado deprisa. Y eso no formaba parte del plan. Se suponía que era ella quien debía tener el control de la situación. No él.

Intentó concentrarse en los ñoquis, pero no podía dejar de mirarlo de reojo. No podía negar que se sentía atraído por él, independientemente de cuáles fueran sus sentimientos verdaderos. Su boca, la manera en que su sonrisa iluminaba su mirada, tal y como Evie le había contado... Sus manos...

Todo aquello con lo que no quería lidiar.

Hasta el momento solo habían estado conversando sobre música, libros y teatro. Algo normal y aceptable. Sin embargo, se sentía como si estuviera moviéndose por un campo de minas.

«No seas paranoica», pensó ella. «Por favor, relájate. Tienes que captar su interés. Has triunfado mucho más de lo que esperabas. Así que aprovéchalo».

Les sirvieron el segundo plato y les llenaron las copas de vino blanco.

–Brindemos –dijo Caz, levantando su copa–. «Por nosotros», resultaría un poco presuntuoso en estos momentos, así que brindemos por la salud de tu paciente y para que se recupere pronto.

–¿Qué quieres decir?

Él arqueó las cejas.

–Me han dicho que has regresado a Londres porque tienes un familiar enfermo. ¿O es que Rob Wellington no lo entendió bien?

–No, lo entendió perfectamente –dijo ella. Respiró hondo y forzó una sonrisa–. Supongo que no esperaba que lo contara.

–Él cree que terminarás convirtiéndote en un valioso miembro de nuestra empresa y teme perderte –hizo una pausa–. Supongo que tarde o temprano, cuando ya no tengas motivo de preocupación, regresarás a los Estados Unidos.

–Sí –dijo ella–, pero no creo que eso suceda pronto. Me temo que el progreso será lento.

–¿Se trata de un familiar cercano?

–Mi prima –lo miró con tranquilidad–. No tiene a nadie más.

–Lo siento –dijo él–. Debes de estar muy preocupada.

–Al principio sí –dijo Tarn. «¿Cómo te atreves a decir "lo siento" si no es cierto y todo lo que ha sucedido es culpa tuya?», pensó, conteniéndose para no decírselo y añadió–: Espero que ya haya superado lo peor.

Ya no le apetecía contestar más preguntas así que decidió cambiar el tema a uno más impersonal.

–Tenías razón acerca de la ternera –le dijo–. Está deliciosa... Absolutamente maravillosa.

–¿Así que correrás el riesgo de volver a cenar conmigo?

–No creo que sea muy apropiado –dijo encogiéndose de hombros.

–Ah –dijo él–. ¿Por los motivos que ya hemos dicho?

–Por supuesto.

–¿Y no porque me encuentras físicamente repugnante?

Ella se apoyó en el respaldo de la silla.

–Te estás riendo de mí.

–No –dijo él–. Solo intento aclarar un punto importante. ¿Y bien?

Ella dudó y lo miró a la defensiva.

–No facilitas las cosas, ¿verdad?

–Puede que no –dijo él–. Quizá porque prefiero que sea algo gratificante para los dos.

Sus palabras provocaron que Tarn imaginara miles de posibilidades. Un fuerte calor invadió su piel, como si hubiese cobrado vida tras una caricia. Sus pezones se pusieron turgentes y sensibles contra la tela de encaje del sujetador. Y aunque la inmediatez de su respuesta pareciera asombrosa, en cierto modo era comprensible.

Porque el instinto le decía que Caz Brandon no solo sugería la posibilidad de disfrutar de la sensualidad, sino que se lo ofrecía como algo seguro.

Una idea apabullante para alguien con una experiencia limitada como ella.

¿Qué estaba haciendo? ¿Se había vuelto loca? Porque sabía muy bien que aquello que él prometía nunca se cumpliría.

«Evie, Evie... Si fue así como lo hizo contigo, no me extraña que cayeras en sus manos. Podría hacer que cualquier persona creyera cualquier cosa».

Sin embargo, ella no estaba en peligro. No cuando podía visualizar a su hermanastra tumbada en la cama de la clínica, con su cuerpo consumido por el dolor y su bello rostro cubierto por la máscara de la infelicidad. Esa era la imagen que la protegería para no sucumbir ante las artimañas del hombre que estaba al otro lado de la mesa iluminada por las velas.

–Siempre me dijeron que quien calla otorga. Pero contigo necesito una confirmación, ¿es así?

Ella lo miró a los ojos fijamente y dijo en voz baja:

–¿Cómo puedo contestarte? Apenas nos conocemos.

–Me resulta extraño que pienses tal cosa –dijo él–. Porque yo me he sentido atraído por ti desde un principio y creía que a ti te pasaba lo mismo. Como si fuera inevitable que algún día, cuando levantara la vista, te encontrara al otro lado de la habitación. Nunca me había sucedido antes. Y, si te soy sincero, no esperaba que fuera así, ni lo deseaba –esbozó una sonrisa–. Eres una complicación extra, Tarn Desmond, para una persona que ya tiene bastantes.

–Eso tengo entendido –contestó ella antes de pararse a pensar. «Idiota», se amonestó en silencio. Aunque la vida privada de Caz era como un secreto de estado, en Internet había fotos suyas acompañado de diferentes mujeres glamurosas. Con una excepción...

–Así que has estado investigando sobre mí –dijo él–. Eso es alentador.

–Por interés profesional –dijo con frialdad–. Me gusta conocer qué clase de personas son aquellas para las que trabajo.

–Sin embargo, confiaste plenamente en Philip Hanson –dijo él–. ¿Cómo puede ser?

–Un fallo técnico –dijo ella, después de una breve pausa–. Fue muy convincente.

–Debió de serlo –puso una mueca–. Sin duda, esa noche, te vestiste de forma muy provocadora, y todo por alguien a quien apenas conocías. ¿No te parece una imprudencia?

–No me vestí para él –se defendió Tarn–. Quería causar buena impresión en la fiesta.

–Desde luego lo conseguiste –dijo Caz y frunció el ceño–. Sin embargo, sigo preguntándome por qué él te envió hacia nosotros. No es una queja, compréndelo, solo me tiene asombrado. ¿Has intentado encontrarlo desde entonces?

Ella se encogió de hombros.

–No sabría por dónde empezar. Supongo que debo considerarlo una broma desagradable y estúpida.

–Si fue así, resultó un fracaso –contestó Caz–. Ambos deberíamos de estarle agradecido

–¿Ambos? –arqueó las cejas–. Prefiero pensar que la que realmente ha de estar agradecida he de ser yo. Porque también debería estarle agradecida a la chica que va a tener un bebé y ha dejado el puesto vacante para mí, aunque sea de forma temporal.

–Esto empieza a parecer la ceremonia de los Oscar –dijo él–. Dentro de un momento bendecirás a tus padres por haberte tenido.

«Quizá si los hubiera conocido...», pensó ella. «Si no me hubiesen dejado sola en el mundo, dependiendo de extraños».

–¿Y qué hay de malo en todo eso? –preguntó ella.

–Nada –dijo él–. Excepto que es una tarea que deberías dejarme a mí.

Tarn miró a otro lado y dijo:

–Si se trata de otra broma, creo que deberíamos dejarlo aquí. Creo que ya has ido demasiado lejos.

–Esto es solo el principio –le dijo Caz–. Pero veo que voy a tener que trabajar duro para demostrarte que voy en serio.

En ese momento, los camareros se acercaron para recoger los platos y entregarles la carta de postre. Tarn aprovechó el momento para pensar en lo que iba a decir después. Y en cómo reaccionar.

Complicado, puesto que lo deseaba era vaciarle la copa de vino sobre la cabeza, llamarlo «traicionero» y «bastardo insensible» y salir de allí.

Deseaba que él experimentara el mismo dolor que le había provocado a Evie.

«Y sucederá. Yo me ocuparé de que así sea».

–Dime una cosa –dijo él, después de pedir *panna cotta* con *coulis* de bayas rojas para los dos–. ¿Tienes a alguien en Nueva York? ¿Alguien junto al que pienses regresar?

–¿Por qué lo preguntas? –bebió un poco de vino.

–Porque necesito saber a qué me enfrento. Si estás tan evasiva solo por el tema de la jerarquía laboral o si hay algo o alguien más.

«O quizá intento demostrar que no eres tan irresistible como crees», contestó en silencio.

Lo miró a los ojos y dijo:

–No hay nadie. Ya no.

Esa vez era verdad. Howard no se había tomado bien la noticia de que ella no iba a acompañarlo a los Keys. Y la explicación que le había dado no lo había dejado indiferente, sino que había provocado que se enfadara cada vez más.

–Todo lo que me has contado sobre Evie indica que es una excéntrica –había dicho él–. Estás loca por implicarte en sus problemas. Tenía muchas esperanzas puestas en ese viaje y tú acabas de arruinármelas. ¿Y por qué? –gritó provocando que las personas de las mesas de alrededor lo miraran–. ¿Porque el novio de tu hermana la ha dejado? ¡Qué problema! ¿Y qué pasa por que tú me dejes a mí? ¿Qué diablos le voy a decir a Ji y a Rosemary?

Él se terminó la copa y se marchó, dejando que ella pagara la cuenta. Claro que Tarn no podía culparlo.

Ella lo llamó cuando él regresó de los Keys, pero saltó el buzón de voz y él nunca contestó a su llamada. Así que ese episodio de su vida pasó a formar parte del pasado y a ella le habría gustado sentirse más arrepentida. Sobre todo porque con él había alcanzado lo más parecido a un compromiso en toda su vida.

Pero no tenía sentido pensar así. Algún día, cuando todo aquello terminara, encontraría a alguien. O quizá la encontrarían a ella. ¿No era así como se suponía que debía ser?

Pero antes de que eso sucediera, tenía un papel que representar. Obtener venganza.

–Espero que la separación no fuera demasiado dolorosa –dijo Caz.

Ella se encogió de hombros.

–No mucho, sobre todo comparada con la experiencia de otras personas –esbozó una sonrisa–. Y creo que probablemente fui afortunada.

–Entonces tendré que asegurarme de que continúes pensando de ese modo.

Algo en su tono de voz parecía una caricia y Tarn sintió que se le erizaba la piel otra vez.

–¿Y tú? ¿Cómo has conseguido evitar mantener una relación seria? –preguntó, consciente de que se estaba metiendo en terreno peligroso.

–Nunca ha sido algo deliberado –dijo él–. Hasta hace un año o así, rescatar la empresa del abismo ocupaba la mayor parte de mi tiempo y mi energía. Cuando los financieros dejaron de fruncir el ceño, decidí que podía tomarme la vida con más tranquilidad, pero eso fue todo. Porque a las chicas con las que he salido nunca les hice creer que buscaba una relación permanente. Y la mayoría de ellas también buscaba diversión más que compromiso, así que generalmente conseguíamos llegar a un acuerdo que nos beneficiara a los dos.

–Pero seguro que ha habido alguna mujer que confiaba en que le ofrecieras algo más.

Él apretó los labios y la miró como distante.

–Si acaso, eso sería su problema y no el mío.

«Y uno de esos problemas está encerrado en un hospital privado que se parece más a una prisión, bastardo...».

–Me considero advertida.

–Eso no es lo que pretendía, y lo sabes –su tono era casi feroz–. Dame la oportunidad y te lo demostraré. Y lo que haya sucedido en el pasado, terminado está, para los dos.

Les sirvieron el postre y Tarn hizo un esfuerzo para comérselo dando muestras de que estaba disfrutándolo. Se preguntaba qué papel jugaba el anillo de diamantes que él le había regalado a Evie en aquellas relaciones de no compromiso. ¿O era así como pagaba a sus mujeres por los servicios prestados?

Si pudiera encontrar el anillo de Evie y tirárselo a Caz en un lugar público, sería un buen desenlace para el momento en que él descubriera la verdad acerca de ella. Cuando descubriera que le había llegado el turno de que lo engañaran y lo abandonaran.

«Y ahora ha llegado el momento de pasar a la siguiente etapa», pensó.

Así que cuando les ofrecieron café, ella rechazó la oferta y miró el reloj con nerviosismo.

–Mi compañera de piso estará preguntándose dónde estoy.

–¿No estás viviendo en casa de tu prima?

–Es muy pequeña –dijo ella–. La llenaría de mis cosas y no quiero que, cuando regrese a casa, se sienta agobiada, así que me he mudado a casa de una amiga durante una temporada.

–¿Mientras buscas un sitio para ti sola? –preguntó Caz mientras pagaba la cuenta.

–Quizá. Todavía no lo he decidido –agarró el bolso–. Gracias por esta maravillosa cena. Has sido muy amable.

–Y tú eres muy amable por decir eso. Mi chófer vendrá a recogerme en unos minutos. ¿Podría hacer otro gesto de amabilidad y ofrecerte acercarte a algún sitio?

–Creo que ya has hecho suficiente –dijo ella–. Al menos por una tarde.

–¿Estás dando a entender que a lo mejor quedamos otra vez en un futuro cercano?

–Prometo que pensaré en ello –dijo Tarn–. Nada más.

–Entonces, confiaré en que así sea.

Cuando salieron del restaurante, él paró un taxi para ella.

Tarn le dio la dirección al taxista, consciente de que Caz estaba de pie junto a ella. ¿Intentaría besarla? No podía estar segura.

Pero él simplemente abrió la puerta del coche y la sujetó mientras ella subía.

–Pensar de ese modo podría ser peligroso –dijo ella con una pícara sonrisa–. Puede que sea lo peor que te ha sucedido nunca.

–Me arriesgaré –contestó él.

Le entregó dinero al taxista y dio un paso atrás. Mientras el coche arrancaba, Tarn se preguntaba si él estaría mirándola, pero por nada del mundo se volvería para comprobarlo.

«¿Crees que el pasado ha terminado? Oh, no, señor Brandon, está esperándote. Y yo soy tu pesadilla inesperada».

# Capítulo 4

HAS cenado con él? –Della la miró boquiabierta–. ¿Por qué? ¿Cómo ha sido eso? Tarn se encogió de hombros.

–Me quedé trabajando hasta tarde, él regresó a por su maletín y nos encontramos. Pura casualidad.

–Si es que alguien cree en tal cosa –dijo Della–. Cuéntamelo.

–Me llevó a un restaurante maravilloso, comida estupenda, vino fabuloso... Y se insinuó.

–¿De qué manera? –Della se apoyó sobre la encimera de la cocina–. ¿Directamente? ¿«En tu casa o en la mía»?

–Ni mucho menos –Tarn se sirvió un café y rellenó la taza de Della–. Con un discurso bien ensayado lleno de romance y amor a primera vista. Madre mía, aunque Evie no estuviera implicada en esto, me encantaría ver como él recibe su merecido. Eso demuestra el poco respeto que siente hacia las mujeres. Debe de pensar que soy una auténtica idiota si espera que caiga con ese viejo truco.

–¿Quieres decir que tu vida se caracteriza por el hecho de que los hombres siempre han estado a tus pies?

–No, por supuesto que no –Tarn frunció el ceño–. Pero... Diablos, ya sabes lo que quiero decir –hizo una pausa y añadió–: Además, todo el mundo sabe que él está saliendo con Ginny Fraser la actriz de *Up to the Minute*.

–Así que lo rechazaste con altanería y te marchaste. ¿Verdad?

Tarn se movió incómoda.

–No exactamente.

–¿Entonces qué?

–Me preguntó si podría cenar conmigo otra vez y, por supuesto, le dije que pensaría en ello.

–Por supuesto –dijo Della con ironía. Tras un silencio, suspiró–. Dime una cosa, Tarn. Si Evie no tuviera nada que ver en todo esto, tú hubieses conocido a Caz Brandon en una fiesta y después de pasar tiempo juntos él te hubiese sugerido quedar otra vez, ¿le habrías dicho que sí?

–No –dijo Tarn–. Ni en un millón de años. Porque no me gustan los hombres arrogantes y dominantes.

–Umm –dijo Della–. Algunos dirían que eres un poco exigente, pero es tu elección –hizo una pausa–. De todos modos, tu plan siempre me ha dado mala espina y, por algún motivo, cada vez lo veo peor. Entonces, si sales con él otra vez, ¿qué pasará?

–Nada –dijo Tarn–. Ni la próxima vez, ni la siguiente, ni ninguna. Le daré suficientes esperanzas como para mantenerlo interesado, pero lo mantendré a distancia hasta que esté completamente desesperado. Entonces, elegiré el momento y el lugar para decirle que es un canalla y por qué no lo querría ni envuelto en papel de regalo.

–Pero ¿de veras crees que le importará? Teniendo en cuenta que parece ser uno de los mayores bastardos del mundo occidental... Quizá se encoja de hombros y se marche sin más.

–Eso dependerá de cuantas personas haya alrededor en ese momento. Además, le pasará factura. Se hablará de él de un modo que no le gustará. Así que lo heriré de dos maneras. Primero, atacando su creencia de que es sexualmente irresistible. Y después, atacando su imagen como magnate de la publicidad. Sabrá que me he estado riendo de él desde el principio y tendrá que vivir con ello el resto de su vida.

–¿De veras pretendes llegar tan lejos? ¿Dejarlo en ridículo públicamente?

–Por supuesto –dijo Tarn desafiante–. Desde que he releído las cartas de Evie y he visto lo enamorada que ha estado de él. Lo que él le ha hecho y lo mal que la ha tratado.

–¿Y también te das cuentas de lo fácil que resultaría fracasar? –preguntó Della–. No es un niño, sino un hombre con experiencia y muy atractivo, así que quizá no te resulte tan fácil distanciarte de él como crees. Y cuando se dé cuenta de que le has tomado el pelo, la cosa se podría complicar aún más.

Tarn se encogió de hombros.

–Es un riesgo que merece la pena correr. Además, como te he dicho, no me resulta atractivo.

–Cariño, todavía no es demasiado tarde para olvidar tu plan y marcharte.

–¡No me digas que estás preocupada por él!

–Estoy preocupada por ti. Tarn, esto no es tu estilo. Tú no eres una persona vengativa.

–Estoy aprendiendo a serlo.

–Entonces, detente ahora que todavía puedes, antes de que se produzca algún daño, para ti o para él. Presenta tu dimisión, regresa a los Estados Unidos o, si te apetece un cambio, busca un lugar para vivir en Europa y vive de verdad. Puede que Evie lo haya pasado mal, pero quizá lo supere con más facilidad si no estás para compadecerte de ella y clamar venganza.

–No la has visto –Tarn extendió las manos–. Si vieras el estado en el que se encuentra... Y todo por ese bastardo.

–Pero no puedes pasarte la vida protegiendo a Evie de hombres poco adecuados –se quejó Della–. Ni enfrentándote a las consecuencias de sus actos. Tiene que aprender a cuidar de sí misma, a discriminar entre las ratas y los hombres decentes.

–No tiene a nadie más.

–Eso no es cierto –dijo Della–. De hecho, por si no lo recuerdas, tiene a su madre. Y por cierto, ha llamado antes para hablar del piso de Evie. Al parecer el casero quiere vaciarlo si ella no va a regresar y dice que hay alguna deuda de alquiler pendiente. Al parecer La Mère Griffiths quiere desaprovechar esta oportunidad de oro para responsabilizarse de su hija y quiere que lo soluciones tú. Nada sorprendente.

–No es culpa suya –dijo Tarn con un suspiro–. El tío Frank se ocupaba de todo. Hasta que falleció él, creo que ella nunca tuvo que pagar una factura o hablar con el banco.

–Y él te pasó a ti la responsabilidad de sobreprotegerlas –asintió Della–. Tiene sentido.

–Y Caz Brandon tiene que aprender que tener poder y dinero no te libra de ser decente –dijo Tarn–. Antes de que destruya la vida de otra pobre chica.

–Espero que no consideres a Ginny Fraser como una de sus víctimas desafortunadas –Della se terminó el café y lavó su taza–. En cuanto a ambición desmedida le daría mil vueltas –se acercó a la puerta–. Que duermas bien, cariño, y mañana, por favor, levántate curada. O al menos un poco más cuerda.

Sin embargo, al día siguiente, cuando Tarn abrió los ojos al oír el despertador, se sentía aún más decidida. Había pasado la noche inquieta, soñando cosas incómodas. Cosas que prefería no recordar a la luz del día.

Mientras se cepillaba los dientes, se miró en el espejo. Tenía ojeras y sus pómulos parecían más pronunciados. No era el aspecto que atraería a un seductor.

«Tengo que relajarme», pensó ella. «Sonreír más, ya que, si no, él podrá cambiar de opinión y alejarse. Y no puedo permitir que eso suceda, porque al margen de lo que piense Della, él se ha buscado todo lo que se va a encontrar».

–Enhorabuena –fue como la saludó Lisa cuando Tarn entró en All Your Own–. Estás llena de sorpresas, y has tenido éxito donde otras solo pueden fracasar. No puedo creerlo.

«Cielos», pensó Tarn. «Alguien debió de verme con él anoche y ya se ha corrido la voz. No es así como lo había planeado. Justo lo contrario».

–¿Qué quieres decir? –preguntó tratando de que no le temblara la voz.

–Quiero decir que parece que hayas agitado una varita mágica para convertir a Annetta en una escritora –Lisa agarró el borrador y lo movió en el aire–. Esto puede entrar directamente en la agenda. De hecho, estoy pensando si deberíamos continuar y hacer una serie de cuentos de famosos, siempre y cuando tú estés dispuesta a hacer el trabajo y convertir la paja en hilo de oro.

«Chameleon en pequeña escala», pensó Tarn con ironía. Aquello se estaba pareciendo demasiado a la realidad. ¿Y por qué no lo había imaginado?

–Parece una idea maravillosa. ¿Pero crees que los financieros lo apoyarían?

–Lo harán si Caz les dice que lo hagan –puso una expresión gatuna–. Y a lo mejor podemos camelarlo poniendo a Ginny Fraser en la lista.

De pronto, Tarn sintió que la invadía un inesperado dolor, como el de una puñalada. Pero de algún modo, consiguió poner una sonrisa

–Entonces, a por ello. ¿Qué tenemos que perder?

Lisa asintió.

–Le enviaré una propuesta en cuanto regrese.

–Ah –Tarn se detuvo un instante de camino a su escritorio–. ¿Se ha marchado a algún sitio?

–A París, Madrid y Roma –dijo Lisa–. Uno de sus viajes habituales.

«Y yo que lo tenía todo planeado», pensó Tarn. Se había vestido con una falta corta de color negro que dejaba sus piernas esbeltas al descubierto y con un top escotado de color blanco. Además, se había dejado el cabello suelto.

Ella estaba convencida de que él se apresuraría a buscar una excusa para volver a verla, o para que le diera una respuesta a su invitación. De hecho, había estado preparándose para ello. Entonces, ¿por qué no le había mencionado ese viaje la noche anterior?

«Porque no tenía por qué hacerlo», pensó ella, mordiéndose el labio inferior mientras miraba la pantalla del ordenador. Porque la noche anterior había actuado de forma impulsiva y era probable que se hubiera arrepentido enseguida. «Cuando regrese, tendrá otras cosas en la cabeza y permitirá que todo esto caiga en el olvido».

«Lo que hará que yo vuelva a la casilla de salida».

Tarn encendió el ordenador. Se preocuparía de todo eso más tarde, cuando hubiese terminado el trabajo. Necesitaba concentrarse en él.

Pero cuando terminó la jornada laboral, tuvo que atender a su tía Hazel. Ella la había llamado dos veces, la primera para asegurarse de que Della le había dado el mensaje, y la segunda para recordarle a Tarn que tenía que pasar por su casa para recoger la llave del apartamento de Evie y la dirección.

Cuando Tarn llegó a Wilmont Road, encontró a su madre de acogida enfadada.

–Creía que no llegarías nunca –agarró un sobre–. El dinero del alquiler está aquí, Seiscientas libras en metálico, tal y como él insistió –frunció los labios–. La gente puede llegar a ser muy poco razonable, agobiarme de esa manera cuando debe de saber que estoy tremendamente preocupada. Pero al menos, eso quiere decir que mi niña regresará a su verdadera casa cuando se encuentre mejor.

–Supongo que él tiene derecho a que le paguen –dijo Tarn–. Y a buscar otra inquilina.

–Pobre Evie –dijo la señora Griffiths con lágrimas en los ojos–. No debería haberse ido a vivir a ese piso. Sabía que no sería bueno para ella.

Y en ese caso, Tarn estaba de acuerdo.

Evie le había dicho que Caz le había buscado la casa, así que Tarn esperaba que el taxi la dejara frente a un edificio elegante. Sin embargo, se encontró frente a un edificio alto en una calle bulliciosa llena de edificios idénticos, muchos de los cuales estaban bastante deteriorados. Pasó junto a unos contenedores de basura y se fijó en el pavimento deteriorado, preguntándose si la tía Hazel la había enviado a un lugar equivocado.

Pero con una de las llaves abrió la puerta principal y entró en un recibidor estrecho. Solo había una puerta en el piso bajo, donde la señora Griffiths le había dicho que vivía el casero, y el resto del espacio estaba ocupado por una bicicleta y una mesa llena de correo publicitario.

«Si es el dueño de este sitio, ¿por qué no lo limpia un poco?», pensó Tarn mientras llamaba al timbre. Llamó dos veces y esperó, pero no obtuvo respuesta. Decidió subir por las escaleras hasta la primera planta, donde se encontraba el apartamento número dos.

Abrió la puerta preguntándose qué se encontraría en el interior y resultó ser bastante mejor de lo esperado. El espacio era muy luminoso, gracias a una ventana que daba a un jardín trasero.

La habitación estaba enfrente de la puerta de entrada y a través de la puerta entreabierta se podía ver una cama deshecha y el desorden característico que un huracán habría dejado a su paso.

Tarn se preguntaba si era allí donde habían encontrado a Evie. Se fijó en el salón y en la cocina contigua. Los muebles y la alfombra no eran nuevos, pero estaban limpios y en buen estado. Desde luego, no era así como se había imaginado que sería un nido de amor para Caz Brandon. Evie debía de estar completamente cegada por la pasión para no darse cuenta de que le estaban ofreciendo un trato de tercera clase.

«Pero no estoy aquí para hacer especulaciones», pensó Tarn. «Mi trabajo es recoger las cosas de Evie».

Había un inventario en el tablón de la cocina que demostraba que Evie no había añadido ningún utensilio de cocina a los que ya estaban en la casa. Tampoco, nada de menaje.

Lo mismo sucedía con el resto de cosas. Toda la decoración, los cojines y los cuadros figuraban en la lista.

Así que a Tarn no le quedó más remedio que dirigirse al dormitorio y al baño que estaba en la misma habitación.

Dudaba de que Evie quisiera recuperar cualquier recuerdo de esa habitación. Deshizo la cama y metió las sábanas en una bolsa de plástico, antes de guardar en otra su ropa y sus zapatos. Además, desde un punto de vista psicológico, sería mejor que se deshiciera de todo y que Evie empezara de nuevo.

Vaciar el armario no le llevó mucho tiempo. Para ser una chica que había estado saliendo con un novio millonario, Evie no parecía tener mucha ropa, y la que tenía no era demasiado glamurosa. Tarn se preguntaba dónde tendría guardado el vestido de boda de gasa y encaje.

El cajón de la mesilla de noche no podía abrirse del todo y Tarn se percató de que había algo atascado en él. Después de intentarlo varias veces, consiguió abrirlo y sacó un cuaderno de piel.

«El diario de Evie», pensó. «Debí de haberlo imaginado. Y seguro que lo echa de menos. Lo más probable es que en el pasado no pasara un día sin escribir en él. Me pregunto si se lo dejarían tener en The Refuge. A lo mejor es terapéutico para ella».

Tarn guardó el diario en el bolso y regresó junto al cajón. Encontró un sobre con unos papeles y decidió llevárselo también por si había algo que hablara de Caz. Y bajo el sobre encontró un álbum de recortes. Estaba lleno de fotos de periódicos en las que aparecía Caz. Y quizá, ese material explicara por qué no había fotos de él en el piso. A menos que a Evie nunca se las hubieran dado de recuerdo.

«En cualquier caso, esto no me lo voy a llevar», pensó ella, y lo echó en el cubo de basura.

Después, metió la mano hasta el fondo del cajón y encontró una caja pequeña cubierta de terciopelo negro. La abrió y se quedó sorprendida al ver el destello azulado de las piedras del anillo de compromiso de Evie.

–Cielos –murmuró. «Normal que se creyera todas sus mentiras. Pero ¿por qué se molestó en comprarlo? A menos que fuera un regalo de despedida», pensó antes de cerrar la caja y guardarla en su bolso.

El baño lo recogió enseguida. Tiró los productos de aseo a la basura, junto con los restos de analgésicos, pastillas para la digestión y la píldora anticonceptiva que encontró en el armarito que había sobre el lavamanos.

No encontró rastro de las pastillas para dormir con las que Evie había tratado de suicidarse.

Cuando regresó al dormitorio, se detuvo en seco.

Había un hombre delgado en la puerta, con el cabello rubio y los ojos azules, vestido con un traje gris que parecía caro.

–¿Quién es usted y qué está haciendo aquí?

«Este debe de ser el casero», pensó Tarn.

–Es evidente que estoy recogiendo las posesiones de la señorita Griffiths, tal y como han solicitado –dijo ella–. Y he traído su dinero.

El chico arqueó las cejas.

–¿De veras? Eso es una buena noticia –miró a su alrededor–. ¿Deduzco que Evie no va a regresar aquí?

Tarn lo miró.

–Eso ya lo sabe usted. Le dijo a su madre que quería realquilar la casa.

–Ah –sonrió el chico–. Creo que hay un pequeño malentendido. Me llamo Roy Clayton y vivo arriba, soy otro de los desafortunados inquilinos de Bernia, el chupasangre. He oído ruido aquí abajo y, cuando vine a investigar, vi la puerta abierta.

–Pero no ha llamado al timbre –dijo Tarn.

–Eh... No. Evie y yo no teníamos tantas formalidades –hizo una pausa–. ¿Y usted quién es?

–Su hermana.

–Vaya sorpresa. No sabía que tuviera una –sonrió de nuevo–. Es terrible lo que ha sucedido. Deben de estar destrozados. Yo fui quien la encontró y llamó a la ambulancia, ¿sabe?

–No, no lo sabía.

–¿Ya está casi recuperada? ¿Y puede recibir visitas allí donde está?

–Está progresando adecuadamente –contestó Tarn–. Pero no puede ver gente todavía.

–Qué lástima –miró a su alrededor otra vez y se fijó en la maleta y en la mesilla de noche vacía.

Tarn echó un vistazo a su bolso, que estaba junto a la cómoda, para comprobar que no lo había tocado nadie, ya que el anillo de Evie estaba dentro.

–Bernie debería haberme dicho que ella no iba a regresar. Podría haberle ahorrado un viaje y haber vaciado el apartamento por usted.

–Es muy amable por su parte –dijo Tarn–. Pero probablemente sea mejor que lo haga un familiar.

–Seguro que tiene razón –la miró–. ¿Mencionó algo acerca de dinero?

Ella lo miró confusa.

–Sí... Pero pensé que era el casero que quería cobrar su alquiler.

–Vaya, otra desilusión –dijo él.

–¿Quiere decir que Evie también le debía dinero a usted? Si me dice cuánto era y de qué, quizá pueda solucionarlo.

–Oh, no quiero crearle más problemas –dijo él–. Y realmente es un asunto trivial. Además, estoy seguro de que Evie y yo volveremos a encontrarnos. Un día de estos, cuando esté mejor. Ahora permitiré que termine su trabajo. Dígale a Evie que he preguntado por ella. No se olvide, ¿quiere? –sonrió de nuevo y se marchó.

Tarn permaneció donde estaba. Tenía la respiración acelerada y la bolsa de plástico que llevaba en la mano, de pronto le pesaba una tonelada.

«Tranquilízate», se dijo. «Solo es el vecino de arriba. Estás dejando que todo este asunto de Caz Brandon te desestabilice, provocando que te imagines que todos los hombres con los que te cruzas son una amenaza potencial».

Cuando llegó a la planta baja se encontró con un hombre calvo y tatuado, vestido con una camiseta de fútbol y unos pantalones cortos.

–Bernie Smith –dijo el hombre, mirándola con frialdad–. Usted no es la mujer con la que he hablado.

–No, esa era la madre de la señorita Griffiths.

–¿Ha traído el dinero del alquiler?

Tarn le entregó el sobre y lo observó mientras lo contaba.

–Parece que está todo –dijo él–. Tiene suerte de que no cobre por la limpieza del sitio. Y por la molestia de que haya venido la policía y la ambulancia y todo eso. Le da mala fama al lugar.

–Me cuesta creerlo –dijo Tarn, mirando a su alrededor antes de entregarle las llaves.

–No hace falta ser tan distinguido –le dijo mientras se marchaba–. Y comprobaré el inventario, esté segura de ello.

«No le mencionaré nada de esto a la tía Hazel», pensó Tarn mientras paraba a un taxi.

–¿Estás segura de que no quieres venir a la fiesta de cumpleaños de Molly? –preguntó Della–. Dijo que, por supuesto, estás invitada.

Tarn negó con la cabeza.

–Voy a darme un largo baño, lavarme el pelo, y a revisar lo que había en el sobre otra vez, en caso de que me haya perdido algo.

–¿Como una propuesta de matrimonio de Caz Brandon por escrito? –Della arrugó la nariz–. Ya no se puede denunciar por quebrantar una promesa.

Tarn suspiró.

–No estaba pensando en eso. Solo intento encontrar sentido a todo esto. Relacionar el extraño apartamento con ese impresionante anillo, y la ropa de tienda barata con el estilo de vida de los millonarios.

–Una ambición comprensible –dijo Della–. Y estoy segura de que Evie haría lo mismo por ti.

Tarn se mordió el labio inferior.

–Pero has de admitir que es extraño.

–«Extraño» no es la palabra. Y a riesgo de convertirme en Casandra cuyas advertencias también ignoraron, te diré otra vez que deberías olvidarte de todo ese lío y continuar con tu propia vida –fulminó a Tarn con la mirada–. Una decisión que el señor Brandon puede haber tomado también.

–Al parecer, él la estaba financiando. Había unas cartas del banco y una tarjeta de crédito en el sobre, pero una semana más tarde ella escribió en su diario que ya no tenía problemas económicos «*gracias a C*».

–Exacto –dijo Della–. Debió de darse cuenta de que ella es una auténtica excéntrica, sobre todo en lo que a dinero se refiere, y que tendría suerte si ella no lo llevaba a la bancarrota.

–Pero iban a casarse –contestó Tarn–. ¿Por qué no habló con ella si tenían un problema? ¿Por qué no intentó solucionar las cosas?

Della se encogió de hombros.

–A lo mejor lo intentó y se encontró con que era un camino lleno de obstáculos.

–También hay muchas cosas sobre MacNaughton Company –dijo Tarn, sacando un montón de papeles–. Que no sé quiénes son.

–En eso te puedo ayudar –dijo Della–. Son una empresa de limpieza, poderosa, carísima y muy discreta, que solo contratan los ricos y famosos. Aparecen como si fueran duendes, realizan sus tareas y se marchan –frunció el ceño–. Pero, por lo que has dicho, el apartamento de Evie no entra dentro de su categoría, aunque ella pudiera pagarlo.

–Por su diario deduzco que Caz Brandon los contrató para ella –dijo Tarn–. Aunque no parecía que por allí hubieran pasado los limpiadores profesionales.

Della se quedó en silencio unos instantes.

–¿Y el chico de arriba era atractivo?

–Me dio repelús.

–Ya, cariño, pero tú no eres Evie. ¿Podría ser que estuviera saliendo al mismo tiempo con su prometido y con el vecino?

–Imposible –dijo Tarn–, ninguna mujer que esté saliendo con Caz Brandon se fijaría en Roy Clayton.

–¿De veras? –dijo Della–. Me parece muy interesante que pienses así –agarró el bolso y se dirigió a la puerta–. Si te aburres de tu misterio, Sherlock, estaremos en el Sunset Bar –le dijo mientras se marchaba.

Una hora más tarde, Tarn deseaba haber aceptado la oferta. Estaba envuelta en su albornoz y con el pelo mojado sobre los hombros, sentada en una esquina del sofá releyendo el diario de Evie y deprimiéndose más a cada minuto.

El contraste entre la felicidad del principio de su relación con Caz y la agónica desesperación del final era demasiado doloroso.

*¿Qué puedo hacer? No puedo continuar* eran palabras que se repetían una y otra vez. Pero Tarn tenía la sensación de que Evie no solo estaba destrozada, sino también asustada ya que, a menudo, escribía: *¿Qué pasará conmigo? ¿Adónde iré?*

«¿Qué le había hecho Caz?», se preguntó en silencio.

Bebió un sorbo de café de la taza que se había servido antes y puso una mueca al sentir que estaba frío. Cerró el diario, lo dejó en el suelo junto al sobre, y se dirigió a la cocina.

Estaba esperando a que hirviera el agua cuando sonó el timbre de la puerta.

«Della debe de haberse olvidado la llave», pensó, aunque era un poco temprano para que hubiera terminado la fiesta.

Se dirigió a la puerta pensando en un comentario gracioso para hacerle a su amiga y, nada más abrir, se quedó paralizada.

–Buenas noches –dijo Caz Brandon con una sonrisa.

# Capítulo 5

EL SILENCIO se apoderó del ambiente. Tarn no podía pronunciar palabra. Sin embargo, tenía que hacer algo...

–Eres tú –tenía la boca tan seca que apenas reconocía su propia voz–. ¿Qué estás haciendo aquí?

Él se encogió de hombros.

–Confiaba en invitarte a cenar, pero se ha retrasado el vuelo, así que imagino que ya habrás comido.

Caz hizo una pausa y la miró de arriba abajo. La expresión de su rostro no cambió, pero Tarn era consciente de que él sabía que estaba desnuda bajo el albornoz. Y tuvo que contenerse para no atarse más fuerte el cinturón.

–Parece que he llamado en un momento poco oportuno, así que quizá tampoco quieras tomar una copa.

Ella no dijo nada y él arqueó las cejas.

–Otro silencio –comentó–. Supongo que será mejor que me vaya acostumbrando a ello.

–¿Cómo me has encontrado?

–Fácilmente. En la oficina están todos tus datos de contacto.

–No estoy vestida para salir. Y no tenemos mucho alcohol en casa.

–Me conformaría con un café –sugirió él–. Si insistes, podría bebérmelo en la puerta. Aunque prometo que no ataco, o al menos, no sin una invitación seria.

–Creo que sería mejor si entraras.

Él la siguió al interior del apartamento.

–Parece que hayas visto a un fantasma. Esperabas que contactara contigo, ¿no?

–No exactamente –dijo ella–. A menudo, los hombres decís cosas que no creéis, o que al día siguiente os parecen menos tentadoras.

–Será que no has tenido mucha suerte con tus amigos.

Nada más entrar en el salón, Tarn vio el diario de Evie en la alfombra, junto al sofá.

«Oh, cielos. Si ha estado saliendo con ella, lo reconocerá en cuanto lo vea», pensó.

–Siento que esté todo tan desordenado –se apresuró a decir mientras se agachaba para recoger el diario y el sobre para guardarlos en un estante de la librería.

Caz estaba mirando a su alrededor.

–Esta habitación es muy agradable...

«Mejor que el sitio que le buscaste a Evie».

–Gracias –contestó–. ¿No te quieres sentar?

–He estado sentado durante el vuelo y, después, en el coche que me ha recogido en el aeropuerto. ¿Puedo ayudarte con el café?

Ella dudó un instante y lo guio hasta la cocina. Esa noche parecía más pequeña de lo habitual y Tarn sabía que era por la presencia de Caz. Mientras preparaba la cafetera se volvió y dijo:

–He encontrado una botella de brandy, pero creo que es lo que usa Della para cocinar, así que no sé qué tal será.

Él sonrió.

–No tiene sentido ser un esnob en una emergencia. ¿Dónde guardas los vasos?

–En el armario de arriba a tu derecha.

El aroma a café invadió el ambiente, reemplazando al de la colonia cara que llevaba Caz.

Cuando ella decidió dejarlo pasar, tenía la intención de provocarlo para que él se le insinuara y después denunciarlo a la policía por acoso sexual.

Pero el hecho de haberle permitido entrar cuando estaba sola en casa y en albornoz no ayudaría a que la creyeran.

–Espero que esto te relaje –comentó Caz, y le entregó un vaso de cristal–. Pareces un gato paralizado por las luces de un coche, como si no supieras hacia dónde escapar. ¿De veras doy tanto miedo?

–No –dijo ella–. No, por supuesto que no. Es solo que... Ha sido una sorpresa. Además, no estoy vestida para recibir visitas.

Caz frunció el ceño.

–Debería haber llamado antes. Advertirte de que pensaba venir o quizá buscar otro momento más conveniente.

–¿Y por qué no lo hiciste?

–Considerando la tensión que hay en el ambiente, quizá debería reservar mis motivos para otro momento.

–Tengo una idea mejor –dijo Tarn–. ¿Por qué no comenzamos de nuevo? –le tendió la mano–. Buenas noches, señor Brandon. Qué inesperado placer.

–Cambia lo de «señor Brandon» por «Caz» –dijo él, estrechándole la mano con firmeza–, y se convertirá en un absoluto placer.

«Y yo soy una completa idiota por no tirarte el brandy encima y decirte que eres un bastardo por lo que has hecho. Aunque no te afectaría y te marcharías sin más. Pero algún día, pronto, te importará...».

–Muy bien... Caz.

–Si hubiese llamado con antelación, me habría perdido este momento –dijo él, y le soltó la mano–. ¿Dónde está tu compañera de piso esta noche?

–En una fiesta.

–¿No querías ir?

–Decidí que esta noche me quedaría en casa tranquila.

–Y te la he estropeado. Sin embargo, tu pérdida es mi ganancia.

Tarn preparó una bandeja con las tazas y una jarra de leche y Caz la llevó al salón. La dejó sobre la mesa que había frente al sofá y Tarn hizo lo mismo con un colador. Ella se sentó en un extremo del sofá y él en el otro.

–Me gusta el champú que usas –comentó de pronto–. Huele a manzana con una pizca de vainilla.

Tarn sirvió el café y dijo:

–Eres muy observador.

–Intento aprender todo lo posible sobre ti.

Ella sintió un nudo en la garganta. ¿Hablaba en serio? Teniendo en cuenta el dinero y los recursos de los que él disponía, si empezaba a investigar acerca de su pasado, ¿qué no encontraría?

Le entregó la taza intentando que no le temblara la mano.

–No tardarás mucho. No hay mucho que descubrir.

–Al contrario –dijo él–. Sospecho que podía llevarme toda una vida.

Agarró el vaso de brandy y lo levantó:

–Por nosotros.

Ella bebió sin repetir el brindis.

–¿Ya no te parece un poco presuntuoso?

–Espero que no –dijo él–. Solo tengo que convencerte de lo que yo creo.

A Tarn se le aceleró la respiración.

–¿Y si no puedes?

–¿Si no puedo o si no quieres?

–¿Hay alguna diferencia?

–En realidad no –dijo él–. Sea lo que sea, te darás cuenta de que no abandono con facilidad.

Se hizo un silencio y ella comentó con nerviosismo:

–Señor Brandon... Caz... Esta conversación me está haciendo sentir incómoda. Creo que debería terminarse el café y marcharse.

–Siento que se sienta incómoda con la situación –sonrió él–. Lo decía como anticipo del futuro. Yo, recién llegado de un viaje de negocios. Tú... con el cabello recién lavado y sin maquillaje. Los dos disfrutando de una copa, juntos, sabiendo exactamente cómo terminará la noche, pero capaces de esperar. Para saborear cada momento.

Posó la mirada sobre sus labios antes de deslizarla hasta su pecho, que se movía con cada respiración bajo el albornoz.

–Por favor, Tarn, ¿no te das cuenta de que yo también estoy nervioso? ¿Te has olvidado de lo que dije la otra noche?

–No –dijo ella–. No me he olvidado de nada.

–Antes dijiste que mejor que empezáramos de nuevo, y eso es lo que te estoy pidiendo. Una oportunidad para demostrarte que hablo en serio. Y que iremos a tu ritmo, no al mío. Te lo prometo. Cuando llegues a mis brazos será porque eso es lo que deseas. Ahora, relájate y bébete el café mientras hablamos sobre nuestra primera cita de verdad.

–Nunca abandonas, ¿verdad?

–Más vale que lo creas. Y al mismo tiempo, por favor, comprende que no tienes nada que temer.

«No», pensó ella, «eres tú el que debería tener miedo».

–¿Y qué tienes pensado para esa cita? –preguntó ella después de dar un sorbo de café.

–He pensado que estaría bien ir al teatro. Tengo entradas para el estreno de la nueva obra de Lance Crichton, el miércoles que viene.

–Cielos –dijo ella con incredulidad–. Imagino que estarán espolvoreadas con polvo de oro.

–Casi –admitió él–. ¿Te interesa?

–Es una oferta que no puedo rechazar. Vi *Payment in Kind* en Broadway y me encantó.

–Entonces espero que se lo digas. Algunos de los críticos de Nueva York no lo pusieron muy bien.

–¿Quieres decir que podré conocerlo? ¿Lo dices en serio?

–Estoy seguro de que podremos hacer algo al respecto.

Tarn negó con la cabeza.

–La obra ya es lo bastante tentadora, así que conocer a Lance Crichton me volvería loca.

Él sonrió.

–No es tan fácil conseguirlo.

Caz se bebió el café y se puso en pie.

–¿Te vas? –preguntó ella, sorprendiéndose al oír sus propias palabras y el tono de decepción en su voz.

–Eso era lo que querías hace unos minutos –dijo él–. No sé si lo recuerdas. Y ya tengo lo que quería, así que será lo mejor –hizo una pausa–. Estoy seguro de que no tengo que explicarte por qué.

De pronto, una extraña tensión se apoderó del ambiente y ella respiró hondo.

Se puso en pie y dijo:

–Te acompañaré a la puerta.

–Muy bien –dijo él, y una vez allí se volvió para mirarla–. Si me pidieras que me quedara, lo haría –la miró y en sus ojos color avellana ella vio que le hacían preguntas para las que no tenía respuesta. Lo miró como suplicándolo en silencio y él asintió como si ella hubiera hablado.

–Seguiremos en contacto –le agarró un mechón de pelo y lo acercó a su rostro–. Manzana y vainilla –dijo antes de marcharse.

Tarn cerró la puerta y se apoyó contra ella, temblando. «Cielos», pensó, «por un momento he estado a punto de caer en la tentación. Y él no ha aprovechado el momento».

Lavó las tazas y los vasos, vació la cafetera y lo guardó todo, como si hubiera pasado toda la noche sola. Le contaría a Della que él había estado allí, pero a su debido tiempo. No esa misma noche. Necesitaba aclararse antes de sacar el tema.

Ya en su habitación, se quitó el albornoz y agarró el camisón, pero en el último momento decidió meterse desnuda en la cama. Sintió el frío de las sábanas contra su piel caliente y el roce de la tela le provocó cierta excitación sin satisfacción.

En la oscuridad, se movió inquieta a causa del intenso deseo que la invadía por dentro. Una sensación desconocida y desagradable.

«No está bien que sienta todo esto», se dijo. Ninguno de los hombres que había conocido en el pasado la había afectado de la misma manera. Ella había disfrutado de su compañía, e incluso le había parecido agradable que la abrazaran y la besaran, pero nunca había deseado más.

Al mismo tiempo, dudaba de que el príncipe azul estuviera esperando pacientemente entre bastidores.

Desde luego, Caz Brandon no figuraría en esa categoría para ninguna mujer. A menos que fuera Ginny Fraser. Según decía Della, al parecer hacían buena pareja.

–Pues que les vaya bien –susurró Tarn, ocultando su rostro en la almohada–. En cuanto esto termine, me dedicaré a centrarme en mi trabajo.

Intentó pensar en la siguiente etapa del proyecto Chameleon. Le habían dado un par de nombres de autores y tendría que hablar con ellos para ver si llegaban a un entendimiento. Escribir para otros era cuestión de alcanzar una confianza mutua para que se sinceraran por completo.

Además, iba a conocer a Lance Crichton. Uno de los autores más exitosos de su generación, un hombre que siempre había huido de la publicidad personal, permitiendo que su trabajo hablara por él.

Pero también, un hombre que tenía una historia que contar si se enfocaba de la manera adecuada. Pero hasta que no terminara su trabajo con Caz, Chameleon tendría que permanecer en secreto.

«Y también la manera en que Caz Brandon me hace sentir», pensó ella, y se estremeció.

–¿Ha encontrado su diario? –preguntó el doctor Wainwright–. ¿Puedo verlo, por favor?

–Preferiría dárselo a Evie –dijo ella–. Ha escrito un diario desde que era pequeña. Todos los días. Era casi una obsesión. Pensé que recuperarlo podía ayudarla en su tratamiento.

–Señora Griffiths, soy yo el que debe juzgar eso. Su caso es complejo, pero el diario podría ser útil de otras maneras –extendió la mano y Tarn dudó un instante.

–Primero, ¿me dirá una cosa doctor?

–No puedo asegurártelo. ¿Qué quiere saber?

–Su madre me dijo que Evie se había tomado una sobredosis, pero yo no encontré nada parecido cuando recogí su baño.

–La policía retiró todas las pastillas. Son una marca conocida que en el extranjero se llama Tranquo y no se pueden comprar legalmente en este país. Imagino que por los efectos secundarios que puede tener nunca lo legalizarán aquí. Sin embargo, esos tipos de tranquilizantes y otros estimulantes entran de contrabando y se venden en el mercado negro.

–¿De contrabando? ¿Y quién trafica con ellos?

–Nadie lo sabe con seguridad, pero gente que viaja al extranjero con un negocio completamente legal y que por eso no ha atraído la atención de la policía. Se supone que muchos se traen para el uso personal de los ricos y famosos y que después se los recomiendan a amigos y conocidos. Ya que a pesar del riesgo inherente que conlleva su uso, señorita Griffiths, esos medicamentos funcionan –hizo una pausa–. Y también cuestan mucho dinero.

–Pero Evie no podía pagarse nada de ese tipo –protestó Tarn. «Pero Caz, sí», pensó. «Y él viaja constantemente. Sería posible que...».

–Bueno, eso es algo que tendrá que hablar con la policía cuando esté recuperada.

–¿Y eso le parece bien, no? Se ha olvidado de que Evie no es una delincuente sino una víctima movida por la desesperación. Y usted debería saber por qué –añadió.

–Digamos que cada vez tenemos una idea más clara. Ahora, ¿podría tener el diario?

Ella se lo entregó con desgana y observó cómo lo guardaba en el escritorio.

–¿Y yo podría ir a ver a Evie?

–Hoy no, señorita Griffiths. Siento que haya hecho el viaje en balde, pero es evidente que está disgustada y creo que será mejor esperar a que esté más calmada, y sea capaz de aceptar que todo lo que hacemos aquí es por el bien de su hermanastra.

–Puede que pase mucho tiempo antes de que crea tal cosa.

–También preferiría que ella no se enterara de que tenemos el diario –hizo una pausa–. En el futuro, quizá sea mejor que llame antes de venir para asegurarse de que su visita es conveniente.

–Sí –dijo ella, y se puso en pie–. Lo haré. Pero permita que le asegure, doctor Wainwright, que nada de lo que he hecho o haga por ella será en vano.

Tarn estaba en el bar del teatro esperando a que Caz regresara con sus bebidas.

Iba vestida con un vestido negro de tubo y una chaqueta de tafetán a rayas negras y esmeralda.

«Parece que me he vestido para quedar con el hombre más atractivo que he conocido nunca», había pensado cuando se miró en el espejo antes de salir de casa. «Y no alguien que se ha pasado los últimos días preguntándose si ese hombre podría ser un contrabandista y si debía denunciarlo ante las autoridades».

Pero el hecho de que Caz Brandon fuera un mujeriego no lo convertía en delincuente. Por mucho que ella lo deseara.

Cuando Caz fue a recoger a Tarn, Della se las había arreglado para no estar en casa.

–No confío en que sea capaz de contenerme para no gritar: «Va a cazarte, y no en el buen sentido».

–Dell... Esto no es una broma.

–No –contestó Della–. En mi opinión, tiene todas las trazas de ser una tragedia. Pero esa es tu elección, cariño.

Más tarde, Tarn se abría paso entre la gente para regresar junto a ella con las bebidas, parándose continuamente para saludar a alguien.

Cuando llegó a su lado, Tarn le preguntó:

–¿Conoces a todo el mundo?

–A algunas personas, pero creo que muchas otras creen que me conocen porque nos presentaron en el pasado. Si tuviera que recordar sus nombres, tendría un problema –le entregó su copa–. Por el segundo acto –añadió–. Y no necesariamente me refiero al de la obra.

–Ah, pero yo sí –bromeó ella con una sonrisa–. Es maravilloso, sobre todo porque no tengo ni idea de qué va a suceder. Lance Crichton sabe cómo hacer sufrir al público.

Caz asintió.

–Cuando Bateman hizo su última aparición, creí que la mujer que estaba a mi lado iba a salir despedida de su asiento.

Tarn se estremeció.

–Pensé que yo también. Aunque nunca había oído del actor que hace ese papel. Lo que demuestra lo poco al día que estoy.

–¿Rufus Blaine? Durante una temporada representó pequeños papeles en Stratford y, en aquel momento, la gente decía que llegaría a ser una estrella. Creo que su papel en esta obra lo confirma. Es curioso como los papeles de malo son mucho más interesantes que los de bueno, ¿no crees?

–A veces parece que pasa lo mismo en la vida real.

–¿No te parece un comentario un poco cínico?

–Es probable. Échale la culpa a Bateman y a los sustos que nos tiene guardados. No puedo esperar.

–Me alegra oírlo. Temía que te hubieras arrepentido de aceptar mi invitación.

–¿Qué te ha hecho pensar tal cosa?

–Estabas muy callada cuando fui a recogerte.

–¿De veras? Quizá la idea de salir con mi jefe me parece abrumadora.

–¿Se te ha ocurrido pensar que puede que yo también esté un poco abrumado?

–Francamente, no. ¿Por qué ibas a estarlo?

–Porque eres diferente. Hay algo en ti que no consigo descifrar, Tarn.

«¿Por qué? ¿Porque no soy una marioneta y no caeré rendida a tus pies?».

–¿Soy una mujer misteriosa? –preguntó ella, arqueando las cejas–. Halagador, pero no es cierto. Lo que ves es lo que soy.

–Creo que solo el tiempo me convencerá de ello –dijo él, y en ese momento sonó el timbre para que regresaran al auditorio.

«Salvada por la campana», pensó Tarn tratando de contener su nerviosismo mientras caminaba pausadamente junto a él hasta sus localidades. Caz Brandon tampoco sería una marioneta. Era demasiado intuitivo para su propio bien, y el de ella.

«Tengo que tener mucho cuidado», pensó ella. «Muchísimo cuidado».

# Capítulo 6

LA PALABRA «cuidado» retumbaba en el cerebro de Tarn cuando se sentó junto a Caz en la parte trasera del coche, esperando a que él se abalanzara sobre ella durante el trayecto de regreso a su apartamento.

Pero no sucedió. Estuvieron hablando sobre la obra de teatro y sobre la tensión insoportable que habían experimentado durante el último acto. Cuando llegaron al edificio de Tarn, él la acompañó hasta la puerta y esperó a que ella sacara la llave del bolso.

–¿Me vas a invitar a tomar café otra vez?

–Mi compañera de casa estará durmiendo. No me gustaría despertarla –añadió–. Además, el chófer te está esperando.

–Por supuesto –dijo Caz, y sonrió–. Yo también puedo esperar.

Posó la mirada sobre sus labios y ella supo que iba a besarla. También que no había manera de evitarlo. Que debía hacer como si estuviera deseándolo si quería que su plan funcionara.

Todo su cuerpo reaccionó cuando él se inclinó hacia ella y su corazón comenzó a latir muy deprisa. «Cuidado...».

Caz la sujetó por los hombros y la atrajo hacia sí para besarla en los labios con delicadeza. Un gesto prometedor pero no satisfactorio.

Entonces, él la soltó y dio un paso atrás, observando su rostro sonrojado.

–Buenas noches –dijo él–. Que duermas bien. Te llamaré –dijo, y se marchó.

Tarn se dirigió hasta el salón y, cuando oyó el ruido del coche al arrancar, permaneció de pie con el puño presionado contra su pecho.

«Es muy listo», pensó ella. Pero ella también sabía jugar. Y de algún modo, por muy difícil que resultara, pretendía ganar.

Tarn continuaba pensando que debía tener cuidado cuando, a medida que se alargaban los días al entrar la primavera, Caz comenzó a ser más insistente.

Sin embargo, Tarn se percató enseguida de que él intentaba no abrumarla con sus propuestas para pasar tiempo con ella. Desde luego, no pretendía deslumbrarla con planes de alto nivel, como había hecho con Evie. Cenaban juntos un par de veces a la semana, iban al cine o al teatro, o a algún concierto.

Todo habría sido más fácil si ella no hubiese tenido que recordarse a menudo que el tiempo que pasaba con Caz no era más que el camino para lograr un objetivo.

Le preocupaba que cuando estaba sola, a veces se pillaba sonriendo al recordar algo que él había dicho o hecho, y se veía obligada a dejar de pensar en ello, consciente de que tenía la voluntad y la capacidad de resistirse a sus encantos.

Además, le parecía un alivio que solo fuera eso con lo que tuviera que luchar porque había un elemento de su relación que no había variado. Cada vez que Caz la llevaba a casa, la besaba en los labios una vez y se marchaba. Dejándola inquieta y preguntándose qué hacía él durante los cinco días en que no se veían, a excepción de algún encuentro ocasional en el trabajo, generalmente de camino a una reunión e inmerso en una conversación.

Aunque Tarn también estaba ocupada. Lisa le había dado el visto bueno para realizar una serie de historias breves sobre famosos, así que no le quedaba mucho tiempo en la oficina para pensar en él.

Algo de lo que se alegraba. Lo que no le gustaba tanto era que estuviera disfrutando del trabajo que había aceptado tan a la ligera. Que fuera a arrepentirse de tener que presentar su dimisión para fundamentar su denuncia por acoso.

A esas alturas esperaba que en la oficina ya se rumoreara acerca de su relación con Caz, añadiendo peso a la denuncia que interpondría contra él.

Cada día iba preparada para recibir miradas suspicaces, y oír comentarios sobre ellos. Pero nunca sucedían. Si alguien lo sabía o lo sospechaba, estaba siendo muy discreto.

«A lo mejor cuando sale con mujeres corrientes prefiere mantener su vida privada en secreto», pensó, recordando que Evie no había salido en ninguna de las fotos del álbum de recortes.

Había llamado a The Refuge varias veces, pero seguían sin darle permiso para visitar a Evie, y eso le preocupaba.

–El lugar es como una prisión –se quejó a Della.

–Quizá lo que mejor le venga sea estar recluida –contestó ella–. Cuando mi madre estaba en el hospital el año pasado, decía que hubiera dado cualquier cosa por estar un par de días tranquila y sin recibir visitas. Creo que deberías confiar en que le están dando el mejor tratamiento posible.

–Supongo que tienes razón –dijo Tarn dando un suspiro.

Deseaba no haberse dejado las cartas de Evie en Nueva York. Le habría gustado comprobar cuánto tiempo había pasado entre la primera cita con Caz y el fin de semana que había pasado a solas con él en el campo.

Sin embargo, estaba segura de que él no tardaría mucho en dar el primer paso. Ya que a menudo le transmitía con la mirada que la deseaba.

Momentos como esos eran los que la mantenían despierta por la noche y se preguntaba si realmente cuando se estremecía al pensar en volver a verlo era a causa de la aprensión que le provocaba.

«Si tiene este efecto sobre mí sin siquiera intentarlo, ¿cómo me las arreglaré cuando decida ir en serio? Si es que algún día decide hacerlo».

Era una pregunta para la que encontraría respuesta más pronto de lo que pensaba.

Al día siguiente, se lo encontró en uno de los pasillos de la oficina.

Caz se detuvo a poca distancia y ella sintió la fuerza de su potente mirada. Lo miró con el corazón acelerado, consciente de que, si daba un paso adelante, estaría entre sus brazos.

Pero Caz permaneció inmóvil. Ella vio que apretaba los puños y que se sonrojaba ligeramente.

–¿Cenamos el viernes por la noche en mi apartamento? –preguntó de pronto.

Había llegado el momento de la decisión, pillándola desprevenida.

«No tienes por qué hacerlo», le dijo una vocecita en su cabeza. «Podrías seguir el consejo de Della y abandonar».

Durante un momento tuvo que esforzarse para pensar en cómo estaba Evie el primer día que fue a visitarla a The Refuge, pero sabía que tenía que recordar que la mujer que estaba destrozada en la cama, con la voz temblorosa, era el motivo por el que se había decidido a hacer aquello y por el que tenía que continuar hasta el final.

–Sí –dijo ella–. Si eso es lo que quieres.

–Sabes que así es –dijo él, y respiró hondo–. Enviaré a Terry a recogerte a las ocho.

–Ocho en punto –contestó ella–. Sí.

Se echó hacia un lado del pasillo y él hacia el otro, y ambos continuaron su camino en direcciones opuestas, sin decir nada más.

Tarn entró en el baño, abrió el grifo y se lavó la cara con una toalla mojada para tratar de calmarse.

Faltaban dos días y dos noches para que pudiera comenzar el proceso que haría que Caz Brandon se convirtiera en el objetivo del desprecio que merecía.

Se apoyó en el lavabo sintiéndose ligeramente mareada al ver su imagen en el espejo. Estaba pálida y sus ojos brillaban como los de un gato.

–Parezco una extraña. O peor aún... Alguien a quien no me gustaría conocer. Podría incluso posar para un retrato... Némesis, la diosa de la venganza.

Era como si el asunto de Evie la hubiera consumido. Cuando todo terminara, dudaba de que regresara a los Estados Unidos por más tiempo del necesario para realquilar su apartamento y empaquetar sus cosas.

Quizá siguiera el consejo de Della y buscara una casa en otro lugar de Europa. En Francia, Italia o quizá un isla griega. Después de todo podía realizar su trabajo desde cualquier sitio, siempre y cuando tuviera un ordenador, así que, ¿por qué no se aprovechaba de ello?

Pero era demasiado pronto para tomar decisiones sobre su futuro y, en esos momentos, regresar al trabajo era su prioridad. Cuando llegara a casa reflexionaría acerca de todas las implicaciones que conllevaba la invitación de Caz y cómo manejarlas.

Della se fue a pasar el fin de semana en casa de su hermana en Kent, así que Tarn se quedaba sola desde el viernes por la noche. Le había contado a su amiga que cenaría con Caz, pero no le había dado más detalles, consciente de que nada de lo que dijera su amiga la desviaría de su meta final.

Tarn también se alegraba de poder estar nerviosa sin que nadie la viera, mientras se probaba todos los vestidos del armario, eligiendo uno color jade que se ceñía a su cuerpo y resaltaba su silueta.

Se maquilló y se recogió el cabello en la nuca con una hebilla antigua de plata.

Cuando bajó al coche, le temblaban las piernas. Se sentó en una esquina del asiento trasero y contempló las luces de la ciudad, abstraída.

Al cabo de un rato, llegaron a un control de seguridad y bajaron una rampa hasta un garaje privado.

–Allí está el ascensor, señorita. Presione el botón P para subir al ático y el G para bajar al garaje cuando termine. El señor Brandon me llamará para que la espere junto al ascensor.

Tarn forzó una sonrisa y le dio las gracias.

Tomó el ascensor y subió hasta la planta alta del edificio. Cuando se abrieron las puertas, vio a Caz bajando por unas escaleras que había al final del pasillo.

–Has venido –dijo él cuando llegó a su lado.

–Creía que me habías invitado.

–Así es. Pero contigo uno nunca está seguro –la agarró de la mano–. Ven a conocer al resto.

«¿Al resto?», pensó Tarn mientras caminaba a su lado. Era lo último que esperaba oír.

Al subir por las escaleras, oyó una música suave y varias voces.

Entraron en una habitación que tenía un gran ventanal con vistas a Londres.

A la derecha de la habitación había una mesa redonda que dos chicas de uniforme estaban preparando para cuatro comensales.

En el lado izquierdo había tres sofás color crema alrededor de una chimenea de gas.

«Todo tal y como Evie lo había descrito».

Un hombre alto se levantó del sofá y esperó sonriente a que Caz y Tarn se acercaran. Su acompañante era una chica morena y guapa que llevaba un vestido de color rosa que no ocultaba que estaba embarazada.

–Tarn, quiero presentarse a los Donnell, dos de mis amigos más antiguos. Brendan, Grace, esta es Tarn Desmond.

–Me alegro de conocerte por fin –dijo Brendan Donnell–. Caz apenas habla de otra cosa.

Tarn se sonrojó.

–Estoy segura de que eso es una exageración.

–Solo un poco –dijo su esposa–. Ven a sentarte conmigo mientras Caz te trae algo para beber. Yo estoy tomando un zumo de naranja, aunque durante la cena me tomaré una copa de vino, cuando Bren no esté mirando.

Tarn se sentó y al poco tiempo ya se había enterado de que Brendan era director gerente de Lindsmore Investment Group y que recientemente se había mudado de Londres a Surrey. También de que Grace era abogado y que estaba de baja por maternidad.

–Tenía intención de regresar al trabajo cuando naciera el bebé. Pero ahora no estoy tan segura. La casa requiere mucho trabajo y estoy disfrutando de poner todo en orden. Además tenemos un jardín con un pequeño huerto de árboles frutales, algo con lo que siempre había soñado. Veo la posibilidad de cambiar de profesión –hizo una pausa–. ¿Y tú, Tarn, siempre has trabajado en revistas?

–La mayor parte del tiempo sí –contestó Tarn.

–Y Caz y tú os conocisteis mientras tú buscabas trabajo –dijo Grace–. Esa es una casualidad.

En ese momento, Caz regresó con el vino blanco que ella le había pedido, así que se volvió para sonreírle y darle las gracias y evitó contestar al comentario de Grace.

¿Por qué diablos le había presentado a sus amigos? Ella no recordaba que Evie hubiera mencionado a Donnell en sus cartas ni en su diario. ¿Serían esos los amigos poderosos contra los que la habían advertido? Lo dudaba. Entonces, ¿qué estaba pasando? ¿Y qué les había contado él acerca de ella?

Sin darse cuenta, dejó de fingir que estaba disfrutando de aquel encuentro porque realmente lo estaba pasando bien.

Desde luego, en la tarde que había imaginado no entraba reírse a carcajadas ni disfrutar de una cena maravillosa.

También era evidente que Caz no tenía intención de avanzar en su relación a un nivel más íntimo, ya que Brendan y Grace no se marcharon después de la cena, dejándolos a solas, sino que, al parecer, iban a pasar la noche en el cuarto de invitados.

–Tengo que hacer unas compras por la mañana –dijo Grace–. Mi visita tenía doble propósito.

«La mía también», pensó Tarn, buscando la manera de conducirlo al desastre.

Tarn entró en su piso vacío, dejó el bolso y se sentó en el sofá. La noche no había salido tal y como ella había planeado. Había sido una velada agradable, con conversaciones amenas, y se desilusionó cuando miró el reloj y vio que era hora de marcharse.

–Nos volveremos a ver –dijo Grace, dándole un abrazo–. Le diré a Caz que te lleve a nuestra casa. ¿Se te da bien la fotografía? Podrías sacar fotos del antes y del después... Mías y de la casa –añadió con una risita.

«Una buena idea», pensó Tarn, «lástima que no vaya a llevarse a cabo».

Con la excusa de tener que ir al lavabo, recorrió el resto del apartamento, e incluso llegó a ver el dormitorio de Caz. La cama era enorme, tal y como Evie había contado, y por un momento, la imagen de ambos con los cuerpos entrelazados, mientras Evie satisfacía todas sus peticiones, invadió su cabeza.

Tarn dio un paso atrás y cerró los ojos al sentir que se le secaba la garganta y experimentaba cierto dolor. Quizá, pensar en ellos era lo que debía hacer para recordar el verdadero motivo por el que había aceptado aquella invitación.

–Bueno, ¿entonces estoy perdonado? –le había preguntado Caz mientras la acompañaba hasta el ascensor.

–¿Por qué?

–Por haber cambiado las normas de nuestra relación –dijo él–. Cuando llegaste hubo un momento en que parecía que ibas a enfrentarte a un pelotón de fusilamiento.

–Oh –respiró hondo–. Para nada. Tus amigos son encantadores.

–Me alegro de que opines así. Ellos también han estado encantados contigo –la miró frunciendo el ceño–. Sin embargo, de pronto vuelves a estar distante. ¿Por qué?

–Estás imaginándote cosas.

–Demuéstralo –dijo él, y la abrazó.

Al instante, la besó en los labios, y no por breve tiempo, como en otras ocasiones. Esa vez, sus intenciones eran muy diferentes.

Tarn sintió ganas de empujarlo para separase de él, pero sabía que debía fingir que quería estar entre sus brazos, y que, si se resistía, él sospecharía de sus intenciones y no podía arriesgarse.

Además, tal y como él la estaba sujetando, sería una batalla perdida.

Caz la besaba con delicadeza pero con decisión, y el deseo que había visto en su mirada se había convertido en una realidad.

«Demuéstralo...», recordó sus palabras. Había llegado el momento de dar el siguiente paso.

Ella separó los labios y lo besó con timidez. Él le

acarició el cabello y le quitó la hebilla de plata para permitir que la melena cayera sobre sus hombros.

Suspiró contra su boca y la besó de nuevo, acariciándole los labios con la lengua, tratando de que se rindiera ante él.

Tarn colocó una mano sobre su hombro y la otra en su nuca e inhaló el aroma de su piel mientras jugueteaba con su lengua sobre la de él. Caz llevó las manos sobre sus caderas y la atrajo hacia sí. Ella notó su miembro erecto contra los muslos y un fuerte deseo se apoderó de ella.

Caz levantó la cabeza y, con los ojos entornados, se fijó en su rostro sonrojado. Le retiró el vestido del hombro y le besó la piel desnuda, deslizándose hasta la prenda de encaje que ocultaba sus senos para cubrirle el pezón con la boca y succionarlo.

Tarn echó la cabeza hacia atrás y gimió al sentir una mezcla de dolor y placer. Estaba muy excitada y sabía que, si él la apoyaba contra la pared para poseerla, no sería capaz de negarse.

Y de pronto, sintió más miedo del que había sentido en su vida. Incluso más que cuando la echaron de Wilmont Road porque no deseaban cuidar de ella cuando era una niña. Nunca se había sentido así. Nunca había experimentado la fuerza del deseo. La necesidad de poseer y que la poseyeran una y otra vez.

Pero eso lo estropearía todo. No podía tirar por la borda todo su plan por un breve momento de satisfacción.

–Caz... No... Para, por favor. Tú... Yo no puedo...

Durante un instante pensó que él iba a ignorar su protesta, pero de pronto, se enderezó y le recolocó el vestido.

–¿Estás diciendo que no me deseas?

Tarn negó con la cabeza. Sabía que mentir no le serviría de nada.

–Entonces, ¿qué ocurre? ¿Alguien te ha hecho daño en el pasado? Dime, cariño, ¿fue ese chico de Nueva York?

–¿Howard? No, no es nada de eso. Al contrario –tragó saliva–. Es solo que yo... Nunca he... –se calló y miró hacia el suelo–. Ridículo, ¿verdad?

–¿Te parece que me estoy riendo? –preguntó Caz muy serio–. Cariño, ser virgen no es ninguna lacra. En cualquier caso, debería haberme dado cuenta. Eso explica algunas de las contradicciones que percibía contigo.

La abrazó de nuevo y apoyó la mejilla sobre su cabeza.

–Entonces, ¿en un futuro quizá sea capaz de convencerte para que reconsideres tu actitud actual?

–No lo sé. Estoy muy confusa.

–Entonces, parece que tendré que seguir esperando –dijo él–. Y confiando...

Al recordar sus palabras y el tono de su voz, Tarn se estremeció. Recordaba el tacto de sus manos, y de su boca, tan bien que se le aceleró el corazón.

–Oh, cielos –susurró–. De todos los hombres del mundo, Caz Brandon, ¿por qué has de ser tú el que me haga sentir así? Se suponía que debías ser tú el que estuviera ardiendo de pasión no correspondida.

Sabía que, para vencerlo, debía enfrentarse a la lucha más feroz de su vida.

# Capítulo 7

NO ES JUSTO –se quejó la señora Griffiths–. Tanta historia con los derechos humanos y ni siquiera puedo ver a mi propia hija –miró a Tan–. Ya es hora de que hagas algo.

–Lo he intentado –dijo Tarn. Había pasado la noche muy inquieta y se había despertado al amanecer abrazada a la almohada, estrechándola contra su cuerpo como si fuera una persona. Entonces, se alegró de recordar bien lo que había soñado.

Se levantó de la cama, se puso un pantalón de chándal y una camiseta y comenzó a hacer una maratón de limpieza en la casa, concentrándose únicamente en el trabajo físico.

Cuando terminó, se dio una ducha y recordó que debía ir a visitar a su madre de acogida, así que tomó un autobús hasta Wilmont Road antes de dirigirse al supermercado para realizar la compra.

–Está claro que no lo has intentado lo suficiente. La necesito. Y Evie me necesita en un momento así. Debes decírselo a los médicos. Tienes que hacerlo.

–Iré mañana a ver qué puedo hacer.

–Le he comprado un vestido –dijo la señora Griffiths–. De su color favorito, turquesa. Y quiero dárselo en persona. Díselo a ellos. Déjaselo bien claro.

Tarn asintió mientras se levantaba de la mesa de la cocina y se dirigió a la puerta. De pronto, se detuvo y preguntó:

–Hablando de ropa, ¿qué ha pasado con el vestido

de boda de Evie? Estará por aquí, porque en el piso no lo vi por ningún sitio. No quiero que me pregunte por él y no ser capaz de darle una repuesta.

La tía Hazel negó con la cabeza.

–No lo sé. No lo he visto nunca. Otra de sus sorpresas. Pero cuando me lo describió, yo no estaba segura de que el satén fuera la mejor elección que podía haber hecho.

–Creo que esa era la menor de sus preocupaciones –dijo Tarn. De pronto, frunció el ceño–. ¿Has dicho que era satén? Pensé que... En una de sus cartas dijo que era de encaje color crema y gasa.

–Satén –dijo la tía Hazel–. Creo que miró bastantes antes de decidirse.

–Sí –dijo Tarn–. Eso debe de ser.

–Y tú vete a verla. No permitas que Della te convenza para hacer otra cosa.

–Della está fuera el fin de semana visitando a su familia –dijo Tarn.

–Mira qué afortunados. Por supuesto, yo debería haberte insistido para que te quedaras aquí en lugar de mudarte con esa chica tan caprichosa –la miró fijamente–. Por cierto, parece que hayas estado tratando de abarcar demasiado durante una semana.

Tarn se mordió el labio.

–Simplemente he tenido una mala noche, eso es todo.

–Da lo mismo, supongo que habrás dormido mejor que mi pobre hija, encerrada allí –dijo la señora Griffiths mientras la acompañaba por el pasillo hasta la puerta principal.

«Lo que le pasó a Evie no fue culpa mía», deseó gritar Evie. «Pero estoy haciendo todo lo posible por ayudarla».

No dijo nada, se mordió la lengua y se fue a hacer la compra.

Una hora más tarde entró en su edificio y subió las

escaleras hasta su apartamento. Cuando llegó al rellano, vio que un hombre alto se acercaba a ella.

–Estaba a punto de dejarte una nota –dijo Caz.

–¿Y qué me ibas a escribir?

–Hace un día maravilloso. Vamos a pasarlo juntos.

–Breve y al grano –tragó saliva y sintió un nudo en el estómago–. ¿Y qué pasa con tus amigos?

–Van a ir de compras y después regresarán a Surrey. Grace se cansa mucho estos días.

–Sí, ya me imagino –Tarn forzó una sonrisa–. Los riesgos de la maternidad.

–Se supone que también tiene compensaciones –hizo una pausa–. ¿Vendrás conmigo? –añadió–. Podemos verlo como un día de descubrimientos.

Tarn dudó un instante.

–Tengo que guardar la compra.

–Por supuesto.

–Y cambiarme –se miró el pantalón negro y la blusa blanca que llevaba.

–No es necesario –dijo él–. ¿Qué más necesitas para ir junto al mar? Una chaqueta, quizá.

–¿A la costa? –Tarn sonrió de verdad–. Eso sería estupendo.

–Guarda la comida. Yo prepararé un café y hablaremos sobre si vamos al este o al sur. Al Mar del Norte o al Canal.

–De acuerdo –dijo ella, y abrió la puerta.

–Has estado muy ocupada –dijo él al ver la cocina impoluta.

–Me gusta limpiar la casa –comenzó a vaciar una bolsa–. Si me falla todo lo demás, siempre podré pedir trabajo en MacNaughton Company.

–Yo los contraté una vez –dijo Caz mientras preparaba la cafetera–. Pero no estoy seguro de si los recomendaría. En cualquier caso, ¿quién está hablando de que algo vaya a fallar?

Tarn le entregó el paquete de café que acababa de comprar.

–Nadie puede predecir el futuro.

–Yo sí –agarró el paquete y le sujetó la mano para mirarle la palma y acariciarle una de las líneas con el dedo–. Veo una vida larga y feliz.

El roce de su dedo la hizo estremecer, como si hubiese acariciado su cuerpo desnudo.

Ella retiró la mano con una carcajada.

–No creo en los adivinos.

–Ni siquiera cuando lo que te vaticinan está hecho a tu medida.

–En ese caso todavía menos –continuó guardando productos en los armarios sin mirarlo.

–En otras palabras, te estoy presionando para algo para lo que no estás preparada. *Mea culpa*. ¿Por eso cuando me has visto volviste a mirar como si estuvieras presenciando a tu peor pesadilla?

–Estaba sorprendida, eso es todo. No esperaba verte tan pronto.

–¿De veras? Creía que había dejado mis intenciones bien claras.

Tarn se encogió de hombros.

–Quizá me cuesta creer que tienes intenciones.

–Para alguien a quien no le gusta que le presionen, eso parece una indirecta para que te hagan una declaración.

–No... Nada de eso –protestó ella–. Es solo que... Por favor, Caz, todo el mundo sabe que estás liado con Ginny Fraser. ¿Y con cuántas otras antes que ella? ¿Cuántas declaraciones de amor has hecho en tu vida?

«Háblame de Evie. Dame alguna explicación. Expresa remordimiento por lo que le has hecho a ella. Te doy esta oportunidad...».

–Nunca he dicho que haya vivido como un monje trapense mientras esperaba a que la mujer adecuada apareciera en mi vida. Ginny tenía su trabajo y yo el mío. Nuestra relación ha sido de conveniencia. Ahora es parte del pasado.

«Relegada al pasado... como Evie».

–Pero Ginny no fue la única –dijo ella, apretando los puños–. ¿Y las otras? ¿Qué ha pasado con ellas?

–Estás haciendo que me sienta como Barba Azul –comentó él–. Lo único que puedo decirte es que nunca le he hecho una promesa a una mujer que no pudiera cumplir. Y eso, cariño, también se te aplica a ti –hizo una pausa–. Ahora, ¿podríamos relajarnos un poco y hablar de cómo vamos a pasar el día?

Al final se dirigieron a Whytecliffe, un pueblo que estaba en una pequeña bahía de la Costa Sur.

Tarn se sorprendió al ver un deportivo descapotable aparcado frente a su edificio.

–¿Hoy no está Terry?

–Un chófer es más adecuado para los días laborables. Los fines de semana me gusta conducir a mí. Y como ya te he dicho, vamos a pasar el día juntos –sonrió–. ¿No te fías de que vaya a cuidar de ti?

–Por supuesto –dijo ella.

Cuando salieron de la ciudad, preguntó:

–¿Dónde vamos?

–Es una sorpresa.

Al cabo de un rato, recorrieron unas carreteras estrechas con el mar al fondo hasta que llegaron a Whytecliffe.

En el pueblo había una iglesia normanda y la calle principal tenía algunas tiendas y cafés. Caminaron despacio, agarrados de la mano, mirando los escaparates.

Caz la llevó hasta un restaurante que resultó que solo abría por las noches, así que se dirigieron a un pub que tenía vistas al rompeolas.

Caz pidió un vino blanco con soda para ella y una cerveza para él y se sentaron en la única mesa que quedaba junto a la ventana.

–Dicen que antiguamente este pueblo era famoso por estar implicado en actividades de contrabando y porque, a menudo, los cargueros procedentes de Francia atracaban aquí. El líder de la banda solía venir a beber a este local y siempre se sentaba en la misma silla junto al fuego. Un chivato informó a la policía de Aduanas y organizaron una redada sorpresa. Cuando entraron había un hombre cuya descripción coincidía con la que les habían dicho y le ordenaron que se quedara quieto. El hombre se movió para agarrar su abrigo y, pensando que iba a buscar su pistola, lo dispararon. Sin embargo, cuando registraron el cadáver encontraron un documento del gobierno en el que lo autorizaban a realizar un informe secreto sobre el contrabando de la zona. Al parecer, los contrabandistas tenían a sus propios chivatos y esperaban su visita. Por eso, cuando llegó al local le ofrecieron el mejor asiento junto al fuego.

–Vaya –dijo Tarn arrugando la nariz–. ¿Qué pasó con el jefe de la banda?

Caz se encogió de hombros.

–Se marchó impune, y supongo que encontraría otro lugar para ir a beber.

–¿Y la silla?

–Se supone que está aquí, en la otra barra, pero parece que nadie se atrevió a usarla después del tiroteo en caso de que la policía regresara y cometiera un segundo error, así que permanece vacía. Se dice que está encantada y que cualquiera que se siente allí se verá condenado al desastre.

Tarn se rio.

–Está claro que tú no te creerás tal cosa.

–Oí la historia cuando era pequeño e impresionable –dijo Caz–. Mis padres solían alquilar una casa cercana para las vacaciones. El casero de entonces solía ofrecer cinco libras a cualquiera que se atreviera a correr el riesgo. Creo que ya ofrecen cien, pero nadie se ha atrevido.

–Es una buena recompensa solo por sentarse. Igual lo pruebo.

Caz dejó el vaso sobre la mesa.

–No –dijo de forma tajante.

–Por el amor de Dios –dijo ella, riéndose–. Lo más seguro es que no sea ni la misma silla.

–Es posible, pero eso no cambia nada.

Tarn silbó de manera provocadora.

–Adivino y ahora supersticioso –bromeó–. Nunca lo habría imaginado. Pero tenías razón, este es un viaje de descubrimientos.

–No se trata de eso –contestó él–. Si te sientas en la silla del contrabandista y no pasa nada, habrás arruinado una antigua leyenda y tendrás que vértelas con el casero.

–La respuesta pragmática –dijo Tarn–. Estoy decepcionada, pero supongo que tienes razón.

–Además –dijo Caz pensativo–, puedo pasar sin desastres.

–Ah, pero sería yo la que sufriera.

–Ya no –dijo él–. Lo que te pase a ti, me afectará a mí. Así es, señorita.

Tarn bajó la mirada con el corazón acelerado y no dijo nada.

Al instante les sirvieron una bandeja con gambas, mejillones, ostras, berberechos, y langosta, junto a unos cuencos para lavarse y servilletas.

Después, decidieron no tomar postre y pasaron directamente al café.

–¿Nos damos un paseo por la playa antes de que cambie la marea? –sugirió Caz cuando pidió la cuenta.

Una vez en la playa, Tarn respiró hondo y alzó el

rostro hacia el sol, preguntándose cómo sería todo si no existiera nada más que ese momento.

–Cuéntame qué hacías en Nueva York –pregunto él.

Tarn volvió de golpe a la realidad y se encogió de hombros.

–Supongo que algo muy parecido a lo que hago ahora.

–Tu editora te echará de menos.

–Tengo mucho que agradecerle.

–Si regresas, ¿podrás reincorporarte al trabajo?

–A ese o a cualquier otro. Rara vez he estado sin empleo –no quería que continuara interrogándola, así que se agachó para quitarse los zapatos–. Voy a comprobar si el mar está tan apetecible como parece –dijo mientras se dirigía hacia la orilla.

–Te advierto que estará fría –dijo Caz.

–No me asusta. He estado en Cape Cod –contestó ella, echando a correr.

Tarn metió los pies en el agua y contuvo la respiración durante un instante. Se negaba a volver a la playa por varios motivos, así que avanzó un poco más. Cuando el agua amenazaba con mojarle el dobladillo de los pantalones, regresó despacio hacia la orilla.

Caz la miró y negó con la cabeza.

–Estás loca.

Ella alzó la barbilla.

–¡Miedica!

–Sí, pero no seré yo quien pille una neumonía. Ni el que se quede con los pies mojados y sin toalla –antes de que ella pudiera detenerlo, Caz la tomó en brazos y la llevó hasta una roca plana–. Prefiero los mares cálidos, como el Mediterráneo o el de las Maldivas –sacó un pañuelo blanco de su pantalón y lo extendió–. Me temo que esto es todo lo que puedo hacer –se arrodilló frente a Tarn y comenzó a secarle los pies con mucho cuidado–. Los tienes como bloques de hielo. Incluso el esmalte de uñas se ha vuelto azul.

Tarn trató de liberarse e hizo un gran esfuerzo para no reír.

–No hace falta que hagas esto. Puedo secarme yo, de veras.

Caz la miró divertido.

–¿Temes que sea un fetichista obsesionado con los pies en busca de su oportunidad?

–Es solo que me parece inapropiado –dijo Tarn sin convicción, consciente de que por algún motivo empezó a mover los dedos del pie contra la palma de la mano de Caz.

–¿Lo es? –sonrió él–. Eso espero. Odiaría ser políticamente correcto en un momento como este –le acarició los dedos con un dedo mientras le sujetaba el pie por el talón–. Son adorables –comentó–. Quizá los fetichistas obsesionados con los pies tengan razón.

–Caz... No, por favor.

–¿Por qué no? ¿No es así como a las mujeres les gusta ver a los hombres, arrodillados a sus pies?

–Yo no soy como las mujeres en general –Tarn notaba que una ola de calor se extendía por su cuerpo–. Y quiero ponerme los zapatos.

–Enseguida. Esta es una nueva experiencia para mí, y me gusta –inclinó la cabeza y la besó en los empeines–. Saben a sal –susurró.

–Viene gente. Debes incorporarte –dijo ella con dificultad.

Caz negó con la cabeza.

–¿Y perder la oportunidad perfecta? No –la miró muy serio–. Tarn, amor mío, ¿te casarás conmigo?

–Dijiste que no me presionarías –susurró ella.

–No me atrevo a esperar –dijo él–. Después de todo, apareciste de la nada. Me da pavor que desaparezcas de la misma manera.

–No –dijo ella–. No haré tal cosa. Pero es demasiado pronto. Apenas nos conocemos.

–Algo que intento cambiar –dijo él–. ¿O no te has dado cuenta? Cariño, podemos ponernos al día con los detalles a medida que avanzamos. Creo que desde el primer momento sé que tú eres la mujer de mi vida. Supongo que era demasiado esperar que tú sintieras lo mismo. Pero ahora que te he encontrado, Tarn, no puedo permitir que te vayas, y no lo haré. Te amo y me gustaría que fueras mi esposa. Tú, y nadie más durante el resto de nuestras vidas.

–Esto no es justo...

–Creo que hay un tópico acerca de eso... Algo sobre el amor y la guerra.

«Pero esto es una guerra», se quejó ella en silencio. «Solo que tú todavía no lo sabes».

–Tengo que reflexionar. Debes darme tiempo. Tenemos que estar seguros.

Caz suspiró.

–Cariño, yo estoy seguro. Ahora, solo tengo que convencerte. Pero tendré paciencia. Ni siquiera te preguntaré si también me quieres. Al menos, todavía no.

Caz recogió los zapatos de Tarn y se los puso.

–Ya lo ves, Cenicienta. Te quedan bien. Ya no puedes rechazarme.

–Puede que creas que eres el Príncipe Encantado –dijo Tarn, tratando de comportarse como si el mundo no se hubiera puesto patas arriba y levantándose de la roca–. Pero es probable que esa pareja que está paseando al perro crea que eres un loco que se ha escapado.

Caz se volvió hacia la pareja mayor que iba caminando por la playa.

–Buenas tardes –les dijo–. ¿A que hace un día maravilloso?

El hombre miró hacia el cielo.

–Parece que ya ha pasado la mejor parte, y que se está nublando y va a llover. En esta época el tiempo es traicionero.

–Cariño, estás tiritando y los abrigos están en el coche –dijo Caz, quitándose el jersey que llevaba atado a los hombros–. Ponte esto.

Tarn obedeció y se puso el jersey, consciente de que el problema no era la fresca brisa marina, y que por muchas capas de ropa que se pusiera no conseguiría calmar la gélida sensación que la invadía por dentro.

«Oh, cielos», pensó desesperada. «¿Qué he hecho? ¿Y qué estoy haciendo? Creo que ya no estoy segura. Y lo peor de todo, tengo sensación de que no me conozco. Y eso me aterroriza».

# Capítulo 8

EL VIAJE de regreso a Londres lo hicieron en silencio.

Caz se mostró atento con ella, preguntándole si ya había entrado en calor, o si quería escuchar música. Tarn asintió, confiando en que con la música evitaría hablar de sus planes de futuro. Sin embargo, rechazó la oferta de parar en algún sitio para tomar algo.

Deseaba regresar porque necesitaba pensar. Decidir qué haría después. Si es que eso era posible.

Trató de convencerse de que todo lo que Caz le había dicho en la playa no iba en serio y que solo era parte de su rutina habitual. Que probablemente se había arrodillado ante Evie de la misma manera.

A pesar de todo, todavía recordaba como la mirada de Caz había provocado que se le entrecortara la respiración. Podía sentir el tacto de su mano alrededor de la suya, agarrándola con fuerza como si nunca la fuera a soltar, y percibía el aroma de su colonia en el jersey que todavía llevaba puesto.

¿Cómo era posible que él pareciera tan sincero? Que hubiera estado a punto de hacerla creer...

Dejó de pensar en ello. No era el camino por el que necesitaba seguir.

Aunque que él la deseara era una parte esencial de su plan. Su intención era que él se muriera de deseo antes de humillarlo en público. Y gracias a Lisa, había encontrado la ocasión perfecta.

–En junio se celebra una fiesta en el jardín de una

casa que se llama Winsleigh Place –le había dicho la editora–. Todas las personas de la empresa están invitadas, desde los directores al personal de la limpieza. Ponen autobuses para llevarnos y traernos y así nadie se ve tentado a conducir después de haber bebido. El bufé es maravilloso, hay champán, y por la noche baile con más comida. Y Caz invita a todo.

Así que Tarn había decidido que toda la empresa se enteraría de la verdad.

–Suena de maravilla –dijo Tarn con una sonrisa.

Sin embargo, los eventos de ese día habían hecho que ella tuviera que replantearse las cosas. Si rechazaba su propuesta, obtendría venganza, pero sería un asunto privado entre ellos y ella deseaba algo más.

Por otro lado, si aceptaba, tendría que asistir a la fiesta como su prometida, y cualquier intento de desacreditarlo también la afectaría a ella. La gente se preguntaría por qué se había comprometido con él sabiendo lo que sabía.

«Y no seré capaz de contestar», pensó ella.

A menos que él pretendiera mantener oculta su relación hasta que se cansara de ella, igual que había hecho con Evie. Pensar en ello era como si le hubieran dado una puñalada.

Incluso teniendo en cuenta esa posibilidad, era incapaz de negar lo que había sentido por él casi desde un principio y que se había intensificado de manera alarmante durante las cuarenta y ocho horas últimas.

Se sentía como si su cuerpo estuviera ocupado por dos mujeres diferentes, luchando por dominar su mente. Y tenía que asegurarse de que la ganadora fuera la adecuada.

Porque no podía dejarse engatusar por la sensualidad de su boca, o ceder ante el impulso por el que había estado a punto de acariciar su cabello negro cuando él se arrodilló a sus pies.

Tampoco podía olvidar que no lo había evitado gracias a su fuerza de voluntad, sino gracias a la aparición de aquella pareja con el perro.

«¿No es algo vergonzoso?», pensó con amargura.

Della le había preguntado una vez como habría reaccionado ante Caz si se hubieran conocido en otra situación y ella había contestado con desdén y a la defensiva.

«Si me hiciera la misma pregunta ahora, no sé qué contestaría».

Cuando llegaron a su apartamento, Caz dejó el motor en marcha y la miró fijamente.

–No voy a preguntarte si puedo subir contigo –dijo él–. Porque sé muy bien que intentaría otra clase de persuasión... En la cama. Y eso no sería justo ni estaría bien.

Tarn se mordió el labio.

–Gracias. Quiero que sepas que, pase lo que pase, me has hecho pasar un día estupendo –agarró la manija de la puerta y dudó un instante–. Ay, tu jersey...

–Quédatelo –dijo él–. Te queda mucho mejor a ti que a mí –hizo una pausa–. Cuando hayas decidido algo, sea lo que sea, llámame.

–Sí.

–Y por si te lo estás preguntando, no te beso porque creo que tampoco podría parar.

–Tienes mucha fuerza de voluntad.

–No –dijo él–. Solo es que creo que hoy ya te he presionado bastante –le acarició la mejilla–. ¿Me prometes que hablaremos pronto?

Ella asintió, y salió del coche.

Sin mirar atrás, subió por las escaleras con piernas temblorosas. Entró en la casa y, tras cerrar la puerta, se apoyó en ella con el corazón acelerado.

Se alegraba de estar sola. Así no tendría que contar lo que había hecho durante el día ni ofrecerle a Della ninguna explicación.

Se dirigió a la cocina, preparó una cafetera y se fue

a dar una ducha. Después, se sentó en el sofá y trató de centrarse mientras se tomaba el café. Al ver sus pies desnudos se estremeció con los recuerdos que evocaban y los ocultó bajo el albornoz.

¿Cómo era posible que toda esa ternura, todo ese cariño, fuera solo una ilusión?

A Tarn le hubiera gustado tener el diario de Evie, ya que quizá encontrara en él una pista acerca de lo que iba a suceder después.

A menos que su propuesta únicamente fuera una estrategia para acostarse con ella. «Una clase de engaño que no había necesitado con Evie», pensó con amargura. Si él pensaba que se estaba haciendo la dura, pronto descubriría su error.

«Pero imagina que lo dice en serio», le dijo una vocecita en su cabeza. «Que independientemente de lo que haya sucedido en el pasado, tú eres la única a la que quiere de verdad».

–Me convenceré de que eso no cambia nada –susurró ella.

«Porque, si ha sido sincero, ¿por qué no me ha hablado de Evie?

Tarn intentó distraerse mirando la televisión, pero no lo consiguió. La imagen de la playa aparecía en su cabeza una y otra vez.

–Me voy a dormir –murmuró al cabo de un rato.

Su ropa todavía estaba en el suelo del dormitorio y se agachó para recogerla. Cuando encontró el jersey de Caz, lo agarró con las dos manos y lo estrechó contra su pecho, acercándoselo al rostro para inhalar su aroma, y así intentar capturar la esencia de Caz y guardarla para siempre.

Un suspiro tembloroso invadió su cuerpo. Un suspiro anhelante, de pérdida y remordimiento que provocó que se le formara un nudo en la garganta cuando percibió el sabor amargo de las lágrimas.

Se dejó caer sobre la alfombra, apretando la prenda contra su cara para tratar de calmar las lágrimas que rodaban por sus mejillas y silenciar los sollozos que la estaban desgarrando.

«Lo deseo. Lo quiero. Oh, Dios, perdóname, lo quiero tanto...».

Momentos más tarde, cuando ya no le quedaban más lágrimas, se puso en pie. Se quitó el albornoz y se metió desnuda en la cama, extendiendo el jersey sobre la almohada y apoyando la mejilla en él, consciente de que quizá eso fuera lo único que tendría de él.

–Desde el primer momento...

Pronunció las palabras de Caz y supo que eran tan válidas para ella como supuestamente eran para él. Ella había ido a la fiesta buscando la manera de vengar a Evie y había regresado llena de contradicciones, por mucho que hubiera intentado negarlo.

Se había estado engañando a sí misma. Y tenía que dejar de hacerlo. Porque debía tomar decisiones y para ello tenía que pensar con claridad. Cerró los ojos y confió en que el agotamiento provocara que el sueño se apoderara de ella.

A la mañana siguiente despertó tranquila, con una extraña sensación de vacío, pero sabiendo exactamente lo que debía hacer.

Iría a visitar a Evie esa tarde, por muchos impedimentos que se interpusieran en su camino, y le daría la noticia de que había cambiado de opinión y que abandonaba su plan de venganza. Al mismo tiempo, le diría que iba a marcharse de Gran Bretaña y que retomaría su propia vida.

Della tenía razón. Ella no estaba obligada a dejarlo todo cada vez que su tía Hazel o Evie necesitaban ayuda. Su hermanastra estaba recibiendo el mejor tratamiento posible y pronto se recuperaría. Y, tarde o temprano, su madre y ella aprenderían a cuidar de sí mismas.

Caz le había dicho que ella había aparecido de la nada y que temía que desapareciera de la misma manera.

Y esa era precisamente su intención. Marcharse sin dejar rastro. Encontrar otro sitio donde vivir y retomar su trabajo.

Se dio una ducha, se vistió y desayunó antes de preparar una quiche para tomársela con Della a la hora de la cena, cuando regresara.

También había decidido devolverle a Caz el anillo de compromiso de Evie, de manera anónima. Un sobre acolchado con matasellos de Londres, no dejaría ninguna pista. «A Evie no le conviene este recuerdo de su infelicidad», pensó mientras miraba el brillo de las piedras preciosas.

«Caz podrá regalárselo a la próxima mujer de la que se encapriche», pensó Tarn, mordiéndose el labio inferior mientras cerraba la caja.

El doctor Wainwright miró a Tarn con desaprobación.

–Pensé que habíamos llegado a un acuerdo, jovencita. Nada de visitas sin cita previa.

–Sí –dijo ella–, pero tengo que verla.

–No es usted la única. Su hora de visita ya está reservada para hoy.

–Podría esperar...

–La señorita Griffiths puede encontrar inquietante esta experiencia, y necesita descansar –miró la pantalla del ordenador–. A lo mejor la semana que viene.

–Eso es demasiado tarde. Puede que ya no esté aquí. Por favor, doctor. Al menos permítame decirle adiós a Evie.

–Hoy no –dijo con determinación–. Ahora debe excusarme. Tengo una reunión.

–¿De veras no hay otro momento para que pueda verla?

El médico suspiró y miró otra vez a la pantalla.

–Mañana por la tarde a lo mejor.

–Sí –dijo ella–. Volveré mañana.

–Pero llame antes –le advirtió–. Habrá que valorar su estado con cuidado.

–Muy bien –dijo Tarn, y se puso en pie.

–Señorita Griffiths –la llamó antes de que llegara a la puerta–. Desde nuestra última reunión, ¿le ha contado a alguien dónde se encuentra Evie? ¿O quizá lo haya mencionado sin querer en una conversación?

Tarn frunció el ceño.

–No, por supuesto que no.

–Entonces debe de haber otra explicación. Siento que haya hecho otro viaje en balde.

–En realidad no –contestó ella–. Porque puede que la vea mañana.

Cuando llegó a la puerta principal, vio que había un taxi vacío en el aparcamiento y decidió tomarlo. Acababa de acomodarse en el asiento trasero cuando otro coche se detuvo junto al taxi.

«Más visitantes», pensó Tarn.

Se fijó en que el conductor salía del vehículo y se dirigía al asiento de atrás. Al instante, se puso tensa. Reconocía a ese hombre. Y el coche. Y también sabía quién era el pasajero que llevaba.

Se cubrió la boca con la mano para sofocar un grito de angustia, y vio que Caz salía y hablaba un momento con Terry.

Iba vestido con un traje oscuro y llevaba un maletín. ¿Serían documentos legales para que los firmara Evie? ¿Querría que ocultara el pasado mediante el silencio para así poderse enfrentar al futuro con la conciencia tranquila?

«¿Cómo es capaz de hacer tal cosa? ¿Cómo puede aparecer de nuevo en su vida cuando ella intenta recuperarse del daño que él le había hecho? Lo que Evie necesita es olvidarlo para siempre».

«Y yo... ¿Cómo he podido olvidarme de quién era y sentirme tentada por él?».

Al ver que subía las escaleras y desaparecía en el interior del edificio, sintió náuseas. A ella no le habían permitido ver a Evie, la tía Hazel lo tenía prohibido, y él, el hombre responsable del estado de Evie parecía tener libre acceso. No tenía sentido.

«Inquietante», había dicho el doctor Wainwright, refiriéndose a la visita de Caz, pero a Tarn se le ocurrían palabras mejores. «Cruel. Monstruoso. E imperdonable».

Porque eso lo cambiaba todo. No había más remedio.

«Iba a marcharme. A abandonarla a la merced de alguien que juega con las mujeres, para salvarme. Pero, tal y como ha demostrado lo sucedido en el pasado, ella no es una superviviente. Y yo sí. Así que me quedaré y cumpliré mi promesa, cueste lo que cueste».

–Mi madre te manda un beso –dijo Della mientras cenaban–. También un bollo que podemos tomar de postre.

–Tu madre es una santa.

–¿Y cómo están tus santos parientes? –preguntó su amiga–. Lo digo porque tienes pinta de agotada.

–Tonterías –Tarn forzó una sonrisa–. Todo va bien.

–Si tú lo dices –Della se sirvió ensalada–. ¿Y el magnate de la publicidad? ¿Lo ves a menudo?

–Sí –dijo Tarn–. Ayer fuimos a la costa.

–¿De veras? –Della arqueó las cejas–. Espero que sepas lo que haces.

–Lo sé –dijo Tarn–. Nunca he estado tan segura de algo en mi vida.

–Bien –dijo Della–. Entonces no hace falta que te diga nada.

–No.

–Por cierto, el bollo está en esa lata de ahí.

Pasaron la tarde tranquilas, viendo la televisión y charlando de diferentes cosas, pero Tarn era consciente de que había cierta distancia entre ambas y no le gustaba.

«Pero Evie me importa más», se recordó.

Al día siguiente fue a trabajar como de costumbre pero, hacia el mediodía, dijo que le dolía la cabeza y que se marchaba a casa.

Llegó a The Refuge dispuesta a discutir, pero no fue necesario. La enfermera la llevó directamente a la habitación de Evie.

–¿Cómo está? –preguntó Tarn, y la otra mujer puso una mueca.

–Lo de ayer no le sentó muy bien, pero era inevitable y es probable que no sea la última vez. Pero quizá se anime al ver a alguien cercano.

Evie estaba acurrucada en su silla, con los ojos rojos y una caja de pañuelos de papel en la mano.

–Tarn. Oh, Tarn, ha sido terrible. Tengo tanto miedo. Tienes que hacer algo. Has de mantenerlo alejado de mí.

–Sí –Tarn acercó una silla y se sentó a su lado, agarrándole la mano–. Haré lo que pueda, lo prometo, así que intenta no pensar en ello. En él.

–Pensaba que aquí estaría a salvo –Evie tragó saliva–. Que él no sabría dónde encontrarme. No iba a contarle a nadie lo que él hizo. De veras. Él debería saberlo. Parecía tan amable, como si quisiera cuidar de mí. Nunca me di cuenta de cómo era en realidad.

–No, por supuesto –dijo Tarn–. ¿Por qué ibas a saberlo?

«Después de todo, yo lo sabía y aun así lo deseo».

–Evie, ¿qué es lo que pasó ayer? ¿Qué fue lo que él dijo?

–No puedo hablar de ello. No me lo permiten. Y, en cualquier caso, estoy harta de preguntas. No contestaré ninguna más –comenzó a llorar–. Solo quiero salir de aquí. Sé que he sido una idiota, pero no veo por qué tienen que castigarme así. Has de hacer algo, Tarn. Has de llevarme a casa.

Evie continuó así durante toda la visita y Tarn se alegró cuando la enfermera apareció y dijo que se había terminado el tiempo.

–Yo me ocuparé de él, Evie –dijo Tarn, y se puso en pie–. Cuando haya terminado, no volverá a molestarte.

–Y diles que no contestaré más preguntas –gritó Evie cuando se marchaba.

Tarn suspiró. No creía que Evie pudiera recibir el alta pronto. Por lo que había dicho, todavía estaba confinada en su habitación. Al parecer, los otros residentes podían moverse por la casa y los jardines, bajo la vigilancia del personal, y en el tablón de anuncios se ofertaban varias actividades de grupo. Seguramente, juntarse con otras personas y descubrir nuevos intereses contribuiría a la rehabilitación de Evie.

Mientras que haber tenido que reunirse con su antiguo prometido no. Sobre todo si era cierto que él la estaba presionando para que no dijera nada acerca de la relación. ¿No se daba cuenta de en qué estado se encontraba? ¿De veras no se sentía culpable por haberle destrozado la vida a una mujer ingenua e inocente?

«¿Y cómo es posible que se comporte de manera tan diferente conmigo? A menos, que esté esperando a cansarse de mí también».

De pronto, sintió que todo su cuerpo se tensaba, como protegiéndose de un intenso dolor.

Mientras entraba en su apartamento, oyó que el teléfono estaba sonando.

–He oído que te has ido a casa porque no te encuentras bien –dijo Caz–. Estaba preocupado.

Tarn respiró hondo.

–Solo tenía dolor de cabeza. Ya se me ha pasado.

–Entonces, ¿estás libre para cenar conmigo esta noche? Prometo no mencionar nada estresante.

Tarn tenía la sensación de estar balanceándose al borde de un abismo.

«No es demasiado tarde», se dijo. Todavía podía salvarse. Regresar a zona segura o...

Sin embargo, sus palabras fueron:

–Me encantaría cenar contigo, Caz. Y podemos hablar de lo que quieras.

Así, se lanzó al vacío.

# Capítulo 9

CAZ LA llevó al Trattoria Giuliana y dijo:

–Por los viejos tiempos.

Se sentaron en la misma mesa que la otra vez. Él la miró y añadió:

–¿Estoy siendo demasiado sentimental?

–No –dijo ella–. Es una idea estupenda. Siempre confié en que algún día volveríamos aquí.

–Entonces, podíamos convertirlo en una cita habitual –dijo él, acariciándola con la mirada de sus ojos color avellana–. Durante el resto de nuestras vidas. Pero quizá estoy siendo demasiado optimista. Después de todo, todavía no me has dado una respuesta.

Tarn miró hacia el mantel.

–Creo que ya sabes lo que te voy a decir

–¿O, si no, no estarías conmigo esta noche?

–Puede ser –dijo ella–. Pero supongo que podría ser evasiva, y decirte que todavía no he tomado una decisión.

–Podrías –le agarró la mano–, Pero no lo harás, ¿verdad?

–No –dijo ella–. No lo haré –el roce de sus dedos provocó que todo su cuerpo se pusiera alerta. Ella lo miró y separó los labios una pizca como si le costara respirar, excepto que no tenía por qué fingir, ya que en realidad ese era el efecto que tenían sus caricias–. Me casaré contigo, Caz. Si todavía me deseas.

–Más de lo que jamás he deseado nada, querida –hizo un gesto y un camarero apareció con una botella de champán.

–Cielos –ella soltó una carcajada–. Sí que estabas seguro de ti mismo.

–Para nada –la miró un instante–. Siempre te noto esquiva, Tarn. Lo he percibido desde un principio, me pregunto si no sería prudente encadenarte a mi muñeca hasta que estemos casados.

–Creía que el matrimonio era un acto de fe, un paso en la oscuridad.

–Para nosotros no –alzó la copa–. Por nosotros.

Parecía que él hablaba con tanta sinceridad que ella respondió al brindis y bebió un sorbo de champán. Cualquier mujer se alegraría de brindar por su futuro. A menos, que tuviera el recuerdo de Evie, acurrucada en su silla, para proteger su corazón contra él. Y ella necesitaría recordarla cada hora del día.

Caz sacó del bolsillo interior de la chaqueta una cajita de terciopelo.

–Aun a riesgo de parecer presuntuoso, te he traído esto.

Tarn abrió la caja y encontró un anillo de oro con un zafiro cuadrado.

–Es precioso.

–Confiaba en que te gustara –dijo él–. Ha pertenecido a mi familia durante mucho tiempo, y mi abuela me lo dio para esta ocasión. Quizá tendría que ser más pequeño. Tienes las manos muy delgadas.

–No –dijo ella, y se puso el anillo–. Es perfecto.

–¿Estás segura? Se me ocurrió que a lo mejor preferías guardarlo para ocasiones formales y algo más moderno como anillo de compromiso. Un diseño especial, quizá.

–No podrías regalarme nada más bonito –dijo, y respiró hondo–. Pero no puedo llevarlo, Caz. Todavía no. Y menos en público.

–¿De qué diablos estás hablando? ¿Por qué no?

–Porque tengo un trabajo. Como empleada tuya en

una de tus empresas. Eso significa mucho para mí y no quiero que cambie, y lo hará cuando se corra la voz acerca de nosotros –forzó una sonrisa–. Además, cuando la noticia salga a la luz, todo el mundo hablará de ella y no estoy segura de estar preparada para ello. Los rumores, las noticias en los periódicos... Es demasiado. ¿No podríamos mantenerlo en secreto durante una temporada?

–Ahí no coincidimos –dijo él–. Porque quiero gritarlo a viva voz. Decirle a todo el mundo lo afortunado que soy.

–¿Estás seguro de que eso es lo que todo el mundo quiere oír?

–Ah –dijo él–. Supongo que hemos vuelto al tema de Ginny –le agarró la mano otra vez–. Querida, el pasado no importa. No podemos darle... No cuando tenemos el futuro para nosotros.

«¿Y Evie? Si también forma parte de tu pasado, ¿por qué la sigues molestando? ¿Por qué no puedes dejarla en paz?».

Era el momento de preguntarle esas cosas. De forma inesperada y así, quizá, conseguiría que fuera sincero. Incluso que se arrepintiera.

Antes de marcharse...

Entonces, ¿por qué dudaba?

Después de todo, quería humillarlo. Pero un restaurante medio lleno, en un lunes por la noche, no era el lugar adecuado para la victoria que había imaginado.

Sería mejor esperar al momento adecuado y obtener el máximo impacto.

–Lo has hecho otra vez, mi amor. Desaparecer en algún mundo al que yo no puedo seguirte.

–No, es solo que de pronto tengo muchas cosas en la que pensar.

–Entonces quizá sea el momento de compartir algunas ideas. ¿Quieres una gran boda?

–Uy, no –negó de forma involuntaria, y habría dicho lo mismo si hubiese sido el comienzo de su futuro juntos y la ceremonia fuera a celebrarse en realidad.

–Pareces muy segura –comentó él–. Pensaba que todas las mujeres soñaban con subir al altar en una iglesia rural llena de invitados.

Tarn arrugó la nariz.

–Eso es parte del problema. Tendría problemas para llenar un banco.

Caz puso una mueca.

–Y yo conozco demasiada gente que esperaría estar allí, queramos o no –dijo él–. Y alguien que me gustaría que fuera y tristemente no podrá ir. Así que, ¿por qué no lo hacemos en el registro civil de un vecindario agradable? ¿Tu prima estará lo bastante recuperada para hacer de testigo?

–Bueno... No. Además no estará. Necesita tranquilidad absoluta, así que estará fuera un tiempo.

–¿Y tu compañera de piso?

–Ella pasa mucho tiempo fuera. No estoy segura de sus planes.

–Ya veo –Caz se quedó en silencio un instante–. Podríamos preguntárselo a Brendan y a Grace. Creo que te cayeron bien.

–Sí –dijo Tarn–. Así es.

–Y cuando la noticia de la boda salga a la luz, nosotros estaremos de luna de miel –continuó él–. Así que nos evitaremos todo el cotilleo y cuando regresemos todo el mundo se habrá hecho a la idea. Saldremos ganando.

«No, habrá una victoria, pero será muy diferente». Y tú serás el perdedor. Porque ella no tenía sentimiento de triunfo, sino que se sentía como si tuviera un gran vacío en su interior.

–Estás muy callada –dijo él.

Ella lo miró sobresaltada.

–Creo que estoy aturdida –forzó una sonrisa–. Han sido cuarenta y ocho horas intensas y necesito acostumbrarme.

–Para mí también, lo creas o no. Lo que necesitamos es pasar tiempo a solas y en privado. Salgamos de aquí y vayamos a tomar el café a otro sitio.

–Pero Della está en el piso...

–Cariño, me refería a mi casa, no a la tuya –le sonrió–. Además, así tendrás la oportunidad de echar un vistazo y decirme lo que te gustaría cambiar.

–¿Cambiar?

«Y ya la he visto... Toda tu casa... La otra noche. Y te imaginé allí, con Evie...».

–Por supuesto. Seguro que tienes alguna idea para tu futura casa. Me decepcionarías si no fuera así.

–Tu apartamento. Quieres que vivamos allí. No lo había pensado.

–Al menos en un principio –dijo él–. Mientras decidimos dónde queremos que esté nuestra casa permanente. ¿No te parece?

–No lo sé. Es solo que todo va tan deprisa...

–Para mí no –dijo Caz–. Si tuviera la oportunidad, conseguiría una licencia especial y te llevaría conmigo esta misma semana.

Tarn forzó una sonrisa.

–Creo que has de tener paciencia conmigo.

–Puedo tener paciencia –dijo con tono triste–. Aunque tendré que hacer un esfuerzo –le agarró la mano otra vez–. Tú también tienes que hacer concesiones, mi amor. ¿Lo prometes?

–Sí –dijo Tarn, odiándose.

Tarn permaneció en el centro del salón, intentando no estremecerse cuando Caz le quitó el chal de los hombros y lo dejó sobre el brazo del sofá.

–¿Qué quieres ver primero? –preguntó en tono de broma–. ¿La cocina? Después de todo, es allí donde prepararé el café.

Ella se separó de él.

–Creo que para eso puedes arreglártelas muy bien sin mí.

–Entonces, empieza la visita sin mí –sonrió antes de marcharse–. Más tarde contestaré a tus preguntas.

Tarn se fijó en los cuadros que había en las paredes y en un grupo de fotografías que había sobre una estantería. En una de ellas aparecía una mujer mayor con pelo cano.

Tarn miró el anillo de zafiros que llevaba en la mano y se preguntó si la mujer sería su abuela.

«Lo siento», se dirigió a la imagen de la foto en silencio. «Lo siento de veras, y me alegro de que no pueda enterarse de lo que va a suceder».

Cuando Caz regresó con el café, ella estaba junto a la ventana contemplando las vistas.

–Al atardecer son espectaculares –Caz dejó la bandeja–. Ven a sentarte. ¿Puedo ofrecerte un brandy?

–Mejor no –dijo ella–. Creo que ya estoy bastante mareada –se sentó junto a él e inhaló el aroma a café que desprendía la taza que le había dado–. He estado mirando tus cuadros. Tendrás que explicarme qué son.

Él se encogió de hombros.

–Tengo un amigo que se llama Adam que será mucho mejor profesor. Los he elegido siguiendo mi instinto más que por conocimiento, y él dice que he tenido mucha suerte de que no me hayan engañado. Cuando lo conozcas, pregúntale todo lo que quieras saber.

–Creía que eras un experto –no pudo ocultar su sorpresa.

–Bueno, no puedo imaginar dónde has oído tal cosa, por muy halagadora que resulte –añadió–. Y espero que no te haya decepcionado, ahora que conoces la verdad.

–No –dijo ella–. Para nada. Además, tu método es mejor que elegir algo solo porque coincide con los críticos de arte. Prefiero saber por qué los has elegido.

–Dejémoslo para una larga tarde de invierno –sugirió él–. Hoy tenemos otras cosas de las que hablar.

–Sí, por supuesto –dijo Tarn con el corazón acelerado.

–Tienes que ver el resto de la casa, incluida la cocina, aunque no te haya tentado ir a verla –dejó la taza y añadió–: Cielos, nunca se me ocurrió preguntártelo. Supongo que sabes cocinar.

–Esa es una pregunta machista –dijo ella–. Si digo que no, ¿querrás que te devuelva el anillo?

–Ni mucho menos –contestó él–. No estoy buscando una esclava para las tareas domésticas. Si es necesario, cocinaré yo. Aunque admito que sería más agradable si fuera una tarea conjunta.

–Mucho más agradable –dijo ella–. Y será mejor que te confiese ahora mismo que me encanta cocinar.

–Estupendo –le retiró la taza de las manos y la dejó en la bandeja. Se acercó a Tarn y la abrazó para estrecharla contra su cuerpo–. Ha llegado el momento de preguntarte qué sientes por mí.

–Creo que ya te lo había dejado claro –contestó con voz temblorosa, mientras el aroma y el calor de su cuerpo comenzaban a afectarla.

–Da igual, cariño, necesito oírlo –le retiró el cabello del rostro y la besó en la sien–. ¿Te resulta tan difícil?

«No lo sabes bien».

Al menos, por una vez, podía decir la verdad.

–Te quiero, Caz. Creo que te he querido desde un principio, pero no quería admitirlo porque hay muchos motivos para no hacerlo. Muchos motivos para mantener la distancia. Ahora que ya te lo he dicho, puedo decirte que seguiré amándote durante el resto de mi vida.

«Es la verdad, y nada más que la verdad...».

–Oh, Tarn, mi querida y maravillosa Tarn.

Comenzó a besarla con delicadeza y, al momento, de manera apasionada. Tarn respondió rodeándole el cuello con los brazos, presionando sus pechos contra su torso y separando los labios para recibirlo.

Durante un momento no existió nada más que el dulzor de sus besos. Ella suspiró de placer y arqueó el cuerpo contra él, besándolo y saboreando el húmedo interior de su boca.

Ella sonrió cuando Caz le besó los párpados cerrados, la mejilla, y el cuello.

Él la empujó una pizca para que se apoyara en los cojines y le acarició los hombros. Después, deslizó las manos hasta sus pechos y se los acarició despacio por encima de la tela de la blusa, jugueteando con sus pezones para que se le pusieran turgentes gracias a sus caricias.

Tarn echó la cabeza hacia atrás y se estremeció antes de comenzar a acariciarle la espalda y notar los músculos bajo la tela de la camisa. De pronto, al sentir su miembro erecto contra los muslos, una ola de calor la invadió por dentro y notó que se le humedecía la entrepierna.

Las finas capas de ropa que los separaban parecían una gran barrera. Tarn deseaba encontrarse desnuda entre sus brazos. Con él. Permitir que la poseyera y sentir la furia de su cuerpo en su interior.

Comprender por qué había esperado tanto tiempo.

«Solo para este momento. Solo por él. A quien no podía tener...».

Él la estaba besando de nuevo, despacio, y ella gimió con desesperación mientras susurraba su nombre contra su boca.

–Mi ángel –dijo él, apartándole la falda de los muslos–. Tarn... quédate conmigo esta noche. Por favor, entrégate a mí.

Lo único que necesitaba era permanecer en silencio

para que él la tomara en brazos y la llevara a su dormitorio. A la cama que había compartido con Evie...

Fue al recordar ese detalle cuando consiguió pronunciar las palabras que la salvarían.

–No puedo –lo miró a los ojos–. Dijiste que no me presionarías. Me prometiste...

–Así es –dijo Caz–. Y es mi intención. Pero soy humano, amor mío, así que no puedes culparme por intentarlo.

Se sentó y se retiró el cabello de la frente sudorosa mientras Tarn recolocaba su ropa con manos temblorosas.

–¿Estás enfadado conmigo? –preguntó ella tartamudeando un poco.

–No –dijo él–. ¿Por qué iba a estarlo? Te deseo mucho, Tarn, pero ha de ser algo mutuo –añadió–. Y por unos momentos, pensé que lo era.

–Lo era. Lo es. Has de creerlo. Es solo que... Estar aquí... En tu casa... No sé cómo explicarlo –tragó saliva–. Solo puedo decir que lo relaciono con cosas que no puedo olvidar... Y que nunca olvidaré.

«Pregúntame», pensó ella. «Pregúntame lo que quiero decir con eso y te lo contaré, para que así pueda finalizar con esto de una vez por todas. No puedo soportar seguir así. Me está destrozando».

–Ah –Caz permaneció en silencio un momento y suspiró–. Debo de ser muy insensible, cariño, porque nunca se me habría ocurrido que mis aventuras de soltero saldrían a relucir en una situación así –la abrazó de nuevo–. Pero si eso es lo que sientes... –la besó en la cabeza–. No tienes que vivir aquí, cariño, ni pasar una sola noche conmigo. Pondré esta casa a la venta y encontraremos otro sitio, algo nuevo, sin connotaciones del pasado. Podemos empezar a buscar esta semana.

–¿Harías eso por mí? –ocultó el rostro contra su hombro.

–Eso, y mucho más –dijo él–. ¿Cuántas veces he de decírtelo? Tarn, me gustaría saber qué te ha pasado en la vida para que te cueste tanto confiar en mí. ¿Me lo contarás algún día?

–Sí –dijo ella, agradecida de no tener que mirarlo a los ojos–. Sí, algún día.

Cuando Tarn regresó a su apartamento, se encontró a Della en el sofá del salón con el camisón puesto.

–Hola –dijo Tarn sorprendida–. Pensé que estarías durmiendo.

–No –Della se puso en pie–. Quería hablar contigo –respiró hondo y continuó–: Tarn, ¿estás comprometida con Caz Brandon?

Tarn la miró asombrada. «No puede saberlo. Es imposible», pensó.

–No lo comprendo.

–Yo tampoco, pero he encontrado esto –Della sacó el anillo de Evie de su bolsillo–. Estaba sobre el aparador y... Bueno, me temo que he mirado el contenido. No tenía derecho a hacerlo, y tienes motivos para estar enfadada conmigo. Pero quiero que sepas que todo lo que dijiste sobre él, todo lo que creías, es completamente cierto. Es una rata y un estafador, y esto lo demuestra. Así que, por favor, dime que, si estás comprometida con él, es porque tienes tus motivos y no porque también te has dejado llevar por sus encantos y mentiras.

–Dell, espera un momento –dijo Tarn–. ¿De qué diablos estás hablando? Ese es el anillo de Evie. Su anillo de diamantes. No el mío.

–¡Diamantes! Son zirconitas cúbicas. Bonitas, pero nada valiosas comparadas con los diamantes de verdad –negó con la cabeza–. Admito que tenía mis dudas sobre Evie porque siempre pensé que era una excéntrica. Pero Caz Brandon es mucho peor –suspiró–. Sé que estaba en contra de tus planes, pero tenías razón, y yo estaba equivocada. Deslumbró a esa pobre chica, se casó con ella y la dejó cuando se cansó. Y he descubierto algo más. Ese sitio donde está encerrada... Pues resulta que él pertenece al consejo de administración. Porque él la metió allí, para alejarla de su camino.

Tarn la miró asombrada y dijo con un susurro:

–¿Estás segura?

–Lo busqué en Internet, y encontré sus cargos y otras conexiones fuera de su imperio publicitario. Después lo contrasté con The Refuge para asegurarme. No solo es consejero, sino, además, benefactor. Con el dinero que tiene puede hacer lo que quiera –Della respiró hondo–. He de decir que se merece todo lo que le ocurra, y, si puedo ayudarte a humillarlo, lo haré.

Tarn agarró la caja que le tendió su amiga y la abrió para mirar las piedras relucientes, preguntándose cómo no se había dado cuenta de que no eran diamantes de verdad.

«Su relación con Evie había sido completamente falsa», pensó. «Y se atreve a pedirme que confíe en él».

–El anillo me pareció horrible desde el primer día en que lo vi. Es demasiado grande y ostentoso, pero pensé que al menos era la prueba de que ella de veras le importaba. Y aunque estaba equivocada, me aseguraré de que algún día le importe. De que se arrepienta de lo que le hizo a Evie hasta el día de su muerte.

«Y yo, ¿por cuánto tiempo tendré que arrepentirme?».

Tarn sabía que, a pesar de todo, su arrepentimiento podía durar durante el resto de su vida.

# Capítulo 10

PARA Tarn, las cosas iban muy deprisa y estaban llegando demasiado lejos.

Su primera sorpresa fue que la venta de la casa de Caz se llevó a cabo en menos de una semana desde que se puso en el mercado.

–Me han hecho cuatro ofertas –le dijo esa noche con cierto tono de arrepentimiento–. Incluso los agentes estaban sorprendidos.

–Bueno, es un piso muy bonito –contestó Tarn mirando a su alrededor.

–Tristemente, no lo bastante bonito como para que olvides mis pecados de soltero y puedas vivir aquí –Caz la sentó sobre sus rodillas y la besó en la cabeza–. Ahora tenemos que encontrar otro sitio para nosotros.

La segunda sorpresa fue encontrarse visitando casas que solo había imaginado en sueños, teniendo que recordarse constantemente que sueños eran todo lo que podían ser.

Ella había imaginado que Caz se aburriría y se enfadaría por tener que implicarse en una búsqueda interminable que él consideraría innecesaria, sin embargo, a pesar de que ella era difícil de complacer, su paciencia y buen humor eran constantes.

Y puesto que compartían el mismo sentido del ridículo, ella tuvo que enfrentarse a algunos momentos incómodos, como cuando él la miraba de reojo con expresión sarcástica mientras el agente elogiaba el horrible diseño del interior de una casa y ella tuvo que contener la risa.

–Era estupendo –admitió Tarn, cuando se marcharon de otro ático de lujo y regresaron a casa de Caz–. Pero era como de exposición. Estoy segura de que nadie ha cortado una cebolla en esa cocina. ¿Y de veras necesitamos un jacuzzi en el jardín de la azotea?

Caz la tomó entre sus brazos y la besó despacio.

–Me conformo con tener una ducha lo bastante grande como para compartirla contigo –susurró él–. Quizá deberíamos decirle al de la agencia que a partir de ahora preferimos ver propiedades más sencillas –la miró fijamente–. Y cuanto antes, mejor. Empiezas a estar un poco tensa, amor mío. ¿Te está afectando la presión de la boda?

«Si supieras», pensó Tarn recordando las noches que había pasado sin dormir, tratando de distanciarse de los recuerdos recientes de estar junto a él en el sillón, viendo televisión o escuchando música.

Recordándose que nada era real, excepto la respuesta de su cuerpo ante sus besos y caricias.

–No creo –dijo Tarn con una sonrisa–. Después de todo, todavía no hemos puesto fecha.

–Algo que tenemos que remediar –hizo una pausa–. ¿Todavía quieres guardar en secreto nuestro compromiso, o podemos sorprender al mundo anunciándolo en *The Times*?

Tarn dudó un instante. Había estado pensando cómo sacar el tema y él lo había hecho por ella. Tenía que aprovechar la oportunidad.

–Por cierto, la semana que viene es la fiesta de Winsleigh Place. Estaba pensando que podíamos anunciarlo allí. Si te parece bien.

Caz arqueó las cejas.

–Me encantaría, pero ¿estás segura?

–Digamos que me estoy acostumbrando a la idea. Por supuesto, tendré que anunciar mi cese en el trabajo. No quiero que me consideren una espía.

–Es una lástima –dijo él–. Porque eres muy buena en tu trabajo. ¿No lo echarás de menos?

–Sí, pero tendré otras cosas con las que ocuparme –dijo, pensando en la lista de proyectos potenciales de sus agentes británicos y norteamericanos, sobre los que tendría que tomar alguna decisión.

Chameleon estaba allí, esperando a que se dedicara a ello como si nada hubiera sucedido y nunca se hubiera marchado. Y debería sentirse agradecida.

–Bueno, ¿ya has dado la entrada de tu futuro nido de amor? –le preguntó Della cuando Tarn llegó a casa–. ¿O todavía sigues haciéndote la indecisa con los apartamentos de lujo que él se empeña en enseñarte?

–Todavía consigo mantener el asunto bajo control –Tarn aceptó la taza de café que le ofreció su amiga.

–Pero ¿por cuánto tiempo? ¿O estás planeando que se convierta en indigente y tenga que dormir sobre unos cartones en un callejón?

–No habrá esa oportunidad –dijo Tarn, sentándose en el sofá–. Además, todavía no se ha completado la venta de su casa actual. Siempre puede echarse atrás.

–Cierto –asintió Della–. Por otro lado, cariño, si eres demasiado quisquillosa, empezará a sospechar.

–No tendrá tiempo –dijo Tarn–. Va a anunciar nuestro compromiso delante de todo el mundo en la fiesta que celebra la empresa la semana que viene, y justo después, yo haré mi anuncio especial. Fin de la historia.

–Vaya. En otras circunstancias habría sentido lástima por él –hizo una pausa–. ¿Le has contado a Evie lo que estás planeando?

–No he tenido oportunidad. No sé por qué motivo vuelve a estar incomunicada. Sin duda, por órdenes de mi prometido –añadió–. Pero se lo diré cuando lo haya hecho y antes de marcharme. Al menos, ese doctor no podrá evitar que me despida de ella.

–Todo ha de salir a la luz –dijo Della–. Una de las secretarias del trabajo tiene un primo que es periodista de investigación. A lo mejor está interesado.

–Una buena idea, pero primero me gustaría quitarme del medio –el café le pareció demasiado amargo y Tarn dejó la taza, consciente de que era debido a los nervios que sentía en el estómago.

Unos nervios que Caz había percibido...

«Pero no debo levantar sospechas», pensó ella. «Y menos en esta última etapa. Porque ya nada puede salir mal. No lo permitiré».

El sábado en que iba a celebrarse la fiesta, Tarn despertó y vio que la luz del sol entraba por la ventana. El vestido que se había comprado unos días antes estaba colgado en el armario. Era blanco con bordados en el cuello y en el dobladillo de la falda.

–Blanco nupcial, ¿eh? –había dicho Della arqueando las cejas al verlo–. Para echar más leña al fuego, supongo.

–No –contestó Tarn–. Pensé que era bonito y veraniego.

Sin embargo, al verlo ese día pensó que podía ser el vestido elegido para una boda tranquila, quizá acompañado de un ramo de rosas. Tarn frunció el ceño al ver por dónde había encaminado su pensamiento y decidió darse una ducha.

Le habría venido bien charlar con Della, pero su compañera de piso se había marchado en un viaje de trabajo, así que se había despedido de ella con un «Nos vemos pronto. ¡Buena suerte»

Tarn se secó y se puso unos vaqueros y una camiseta. El resto de la ropa ya la tenía en la maleta y, cuando terminara la tarde y hubiera ido a visitar a Evie, reservaría una habitación en algún hotel del aeropuerto hasta que pudiera tomar un vuelo a los Estados Unidos.

Se preparó un buen desayuno pensando en que cuando soltara la bomba ya no podría quedarse en la fiesta y no podría comer nada hasta la noche.

Cuando terminó de recoger, encendió el ordenador para buscar algún hotel en oferta y vio que había un mensaje sin leer en su bandeja de entrada. Era de Caz.

Se sentó y, al leerlo, se quedó de piedra.

–Cariño –escribió él–. He tenido un imprevisto y por desgracia no puedo ir a la fiesta. Pásalo bien. Te llamaré tan pronto como regrese.

–¡No, no, no! –gritó ella, golpeando el puño contra la mesa al ver que su plan se venía abajo.

Las noches sin dormir. Los días de tensión. Los repetidos ensayos de lo que iba a decir. Y más que nada el dolor de blindarse ante el momento en que le daría la espalda, y se alejaría de él para siempre.

Todo para nada.

Volvió a leer el mensaje y lo comprendió todo. Caz había estado fingiendo con ella igual que había hecho con Evie, ya se había cansado y había decidido terminar la relación. «Después de todo, no puso demasiadas pegas cuando le pedí que mantuviéramos nuestro compromiso en secreto, así que quizá tampoco le venía mal. Y yo estaba demasiado centrada en mis planes como para darme cuenta».

«Además, ni siquiera ha conseguido seducirme, no como a la pobre Evie, y encima está a punto de perder su querido piso. Quizá sea eso lo que lo haya llevado a pensar que el juego no merece la pena y por eso ha decidido abandonar».

Porque anunciar el compromiso delante de todo el personal de su empresa suponía llegar demasiado lejos, incluso para él.

Tarn sabía desde un principio que era probable que él eligiera a las mujeres igual que si estuviera comprando un objeto nuevo, aburriéndose de ellas cuando hubiera pasado la novedad.

«¿Cómo he podido compadecerme de Evie cuando la única diferencia que hay entre nosotras es que Caz no tendrá que buscar una plaza para mí, en uno de los programas de rehabilitación de The Refuge?».

«Porque yo sobreviviré a esto. Sobreviviré a él. Y seré la que se marche primero».

«Pero, hoy, al único lugar al que voy a ir es a esa fiesta. Tal y como estaba planeado».

Winsleigh Place era tan bonito como todo el mundo le había dicho.

–¿Cómo hemos conseguido celebrar una fiesta en un lugar así? –preguntó Tarn, mirando a Lisa con incredulidad mientras contemplaban las carpas que habían instalado en las praderas que llevaban hasta un pequeño lago.

–Gracias a Caz –dijo Lisa–. Creo que este lugar tiene algo que ver con sus familiares lejanos o, quizá, tenga influencia en sitios de lujo. Nadie está seguro.

–No –dijo Tarn–. Supongo que no.

–Es una lástima que no pueda estar aquí –continuó Lisa–. Se rumorea que se ha ido a Francia. Al parecer uno de los directores de París es un hombre muy difícil y Caz siempre tiene que ir a solucionar cosas, normalmente a prevenir un abandono en masa. Supongo que este fin de semana se ha repetido la historia.

–Quizá –Tarn se encogió de hombros–. Sea cual sea el motivo, se perderá la fiesta, aunque la haya organizado él.

En una esquina había un escenario donde tocaba una banda de jazz. También había un torneo de croquet y diferentes juegos.

–Hay un adivino –Lisa señaló hacia una carpa–. ¿Quieres que te lean el futuro?

–No, gracias –Tarn esbozó una sonrisa–. Seguro que me dice que voy a conocer a un hombre alto, y de cabello oscuro.

–¿Eso es malo?

–Podría ser. En cualquier caso, no voy a arriesgarme.

–Bueno, yo tengo que ir a buscar a mi hombre alto y de cabello oscuro –Lisa le dio una palmadita en el brazo–. Él iba a llevar a los niños a comer a casa de mi madre primero –hizo una pausa–. He de decir, Tarn, que estás preciosa. Me encanta ese vestido, y me sorprende que ningún hombre afortunado te haya conquistado. Por otro lado, quizá tengas tu encuentro con el destino aquí mismo, incluso sin que te lean el futuro.

Una vez a solas, Tarn avanzó entre los grupos de gente saludando a aquellas personas que conocía.

–Eres Tarn, ¿no es así?

Ella se volvió y vio a una mujer mayor. Era la secretaria principal de Caz y, hasta entonces, solo la había visto desde lejos en la oficina.

–Buenas tardes, señora Everett.

–Llámame Maggie, por favor –sonrió de manera relajada–. Estaba segura de que eras tú. No puede haber dos personas en la empresa con ese brillo de pelo tan bonito.

Tarn se sonrojó.

–Gracias.

–Caz me pidió que te buscara.

–¿De veras?

–Sí. En su obligada ausencia, me ha pedido que me asegure de que no te falte el champán. Aunque hay montones de refrescos helados, si prefieres –la acompañó hasta la carpa más grande.

Tarn decidió que ya no tenía motivo para mantener la cabeza despejada y que, por tanto, podía beber champán.

La señora Everett resultó ser una agradable conversadora y después de un buen rato, sin saber si era por el efecto del alcohol o por su propio nerviosismo, Tarn se encontró diciendo:

–Conocí a alguien que trabajaba para Brandon hace unos meses. ¿Recuerdas a Eve Griffiths?

Maggie Everett se quedó pensativa un instante.

–Me temo que no me suena. ¿En qué departamento trabajaba?

–Creo que trabajaba para el señor Brandon directamente.

–No creo que eso sea posible –dijo la señora Everett–. Conozco a todas las personas que han trabajado para los miembros de la junta durante el año pasado, incluso de forma temporal, y no hay ninguna que se llame Griffiths. Tu amiga ha debido de estar contratada en otro lugar de la empresa.

–Oh, no es una amiga –dijo Tarn–. Solo es alguien que conocí y que dijo que Brandon era una empresa estupenda para trabajar en ella. Probablemente yo di por hecho que trabajaba para Caz... Quiero decir, para el señor Brandon.

«Porque eso es lo que Evie decía en sus cartas, y yo no puedo estar equivocada. No puede ser...».

–No hace falta que seas tan formal, te lo aseguro. En cualquier caso, relájate. Toma más champán. Debes de estar un poco decepcionada porque Caz no esté aquí –añadió ella–. Pero sé que ha de ser así por un buen motivo.

«Ya no sé qué pensar, sobre nada», pensó Tarn mientras le rellenaban la copa.

Deseando cambiar de tema, dijo:

–El grupo de música es muy bueno.

–Tocan todos los años. Pero, si quieres cambiar de estilo, hay un cuarteto de cuerda en el salón principal que se especializa en Mozart. Y, por supuesto, hay otro grupo para el baile de esta noche.

–Para todos los gustos –comentó Tarn.

–A Caz le gusta que sus empleados estén contentos –en ese momento, sonó el teléfono de Maggie y se distanció una pizca para contestar. Cuando regresó, le preguntó a Tarn–: ¿Quieres que continuemos con el paseo para ver qué más hay?

Tarn asintió y ambas mujeres salieron de la carpa. Ella se detuvo un instante para buscar sus gafas de sol en el bolso, porque le parecía que estaba viendo visiones. No podía de ser de otra manera porque Caz caminaba hacia ellas sonriendo y era imposible.

–Si no podía venir. O eso había dicho.

Tarn se percató de que estaba hablando en voz alta porque oyó que la señora Everett se reía.

–Sin embargo, aquí está –le dio un suave codazo a Tarn–. ¿No vas a ir a recibirlo?

Tarn dio un paso adelante, y no se creyó que él estuviera allí hasta que no se encontró entres sus brazos y él la besó.

–¿Sorprendida? –susurró él.

–Sí... Por supuesto que sí –la cabeza le daba vueltas–. Alguien me dijo que estabas en Francia.

–Y estaba. Llamé desde allí. Pero la situación no era tan mala como pensaba y regresé en aerotaxi –la soltó y añadió–: Maggie tenía razón. Estás preciosa. Pero también un poco decaída. Ella pensaba que me echabas de menos –la rodeó por la cintura y la guio hacia el escenario–. Espero que sea cierto. ¿Todavía quieres casarte conmigo?

–Caz... Yo...

–Será mejor que la respuesta sea sí –continuó él–. O tendré que besarte delante de toda esa gente hasta que aceptes. Vamos, cariño. Tenemos noticias que contar.

El clarinetista ayudó a Tarn a subir al escenario mientras el trombonista le daba el micrófono a Caz.

–Primero de todo, bienvenidos, y muchas gracias por

estar aquí. Muchos de vosotros ya conocéis a Tarn como colega. Sin embargo, tengo el placer de informaros que pronto tendrá otra ocupación, la de convertirse en mi esposa. Ambos queríamos que fuerais vosotros los primeros en saberlo, aunque el lunes saldrá el anuncio de nuestra boda en *The Times*.

Entre aplausos y vítores, Caz agarró la copa de champán que Maggie le entregaba.

–Me gustaría que todos brindáramos por mi chica adorable, la futura señora de Caz Brandon.

–Por Caz y por Tarn. Que Dios los bendiga –gritaron los asistentes.

Caz sacó el anillo de su abuela del bolsillo de la chaqueta y se lo colocó Tarn en el dedo.

–Ahora, siempre lo llevarás, amor mío –la besó en los labios y la gente vitoreó con más fuerza.

–Vamos, Tarn, te toca a ti. Di unas palabras –gritó Lisa desde el público.

Caz le entregó el micrófono.

–Todo tuyo, cariño.

Ella se fijó en los rostros sonrientes de la gente. Todos esperaban que dijera lo feliz que era y lo enamorada que estaba.

Sin embargo, en su cabeza tenía un discurso completamente diferente y que se había aprendido a la perfección.

Entonces, ¿por qué no era capaz de recordarlo?

Solo podía pensar en cómo se le había acelerado el corazón al ver que Caz había ido a la fiesta y se acercaba ella.

«Me quiere. Si no, ¿por qué iba a apresurarse a regresar para estar conmigo?».

Intentó imaginar a Evie, pero lo único que veía era el brillo de la mirada de Caz cuando la miraba.

Entonces, descubrió que era incapaz de hacer todo lo que había planeado para aquella tarde.

–No se me ocurre qué decir excepto... Gracias por compartir con nosotros este maravilloso momento. Yo... Nunca lo olvidaré –se volvió hacia Caz–. Y estoy segura de que mi prometido tampoco.

«Porque todavía no ha terminado», pensó mientras Caz tomaba su mano y la besaba. «Simplemente lo he pospuesto hasta otro momento, en otro lugar».

«Y de algún modo encontraré la fuerza y la voluntad para hacerlo».

# Capítulo 11

¿QUÉ ha pasado? –preguntó Della.
Tarn negó con la cabeza.
–No lo sé. Era la oportunidad perfecta, pero no fui capaz de decirlo. No con todo el mundo mirándome y sonriendo.

–¿Y qué harás en la boda? –Della hablaba con tono irónico–. ¿Tomarlo como fiel esposo para que todo el mundo siga sonriendo?

–No habrá ninguna boda. Es cierto que la fecha está puesta y que tenemos cita en el registro, pero ahí termina todo –respiró hondo–. Todo lo que pensaba decirle se lo escribiré para que un mensajero se lo entregue justo antes de la ceremonia.

–Ya veo –Della se quedó en silencio un momento–. ¿Has pensado por qué no quieres enfrentarte a él cara a cara?

Tarn se volvió.

–Sí, lo sé. Y no puedo... Prefiero no arriesgarme. Cuando me dijo que no podría ir a la fiesta, pensé que iba a abandonarme, como había hecho con Evie. Pero de pronto apareció y me di cuenta de que me había equivocado... Me sentí... Bueno, no importa, ese es otro motivo por el que no pude hacer lo que había planeado.

–Eso era lo que me temía. Oh, cielos, vaya lío. ¿No hay un dicho que dice que la venganza es un arma de doble filo? He de decir que ese anillo es precioso y, esta vez, es de verdad.

–Sí –Tarn se mordió el labio–. Es muy bonito. Irá acompañando a la carta.

–Lo suponía. ¿Te ha dicho por qué en un principio no podía ir a la fiesta?

–Creo que había algún problema en la oficina de París. Iba a contármelo, pero alguien se acercó a felicitarnos y después dijo que prefería no contarlo.

–¿Le has contado a Evie lo que vas a hacer?

–No he tenido oportunidad. Quería haber ido a verla el día después de la fiesta, pero no me lo permitieron. También quería preguntarle por el tiempo que pasó en Brandon. Me dijo que había trabajado para Caz, pero Maggie Everett, su secretaria personal, me dijo que nunca había oído hablar de ella.

Della se encogió de hombros.

–Puede ser que le hayan dado órdenes desde arriba.

–Pero no puede ser que se las hayan dado a toda la empresa. Y es que nadie, ni siquiera Tony Lee, que va detrás de cualquier rubia atractiva. Él dice que durante un tiempo hubo una chica australiana que se llamaba Emma trabajando en finanzas. Pero ninguna Eve, ni Evelyn –frunció el ceño–. Es extraño... ¿Dónde podría haber conocido a Caz si no fue en Brandon?

–Cariño, con las singularidades acerca de Evie y su madre, podrían llenarse varias páginas –dijo Della–. Pero ¿no te parece que corres cierto riesgo hablando abiertamente de Evie?

–Dudo que nadie vaya a contarlo –dijo Tarn–. Y puesto que no estoy contratada sino que solo trabajo un par de días a la semana para finalizar un proyecto, es probable que sea mi última oportunidad.

–¿Y en The Refuge te han dado alguna explicación acerca de por qué no te han dejado visitarla?

–No, y cuando expliqué que necesitaba preguntarle una cosa, el doctor me dijo que ya había contestado suficientes preguntas. Quién sabe lo que eso quiere decir.

–Su madre quizá lo sepa.

–Sí. Esa es otra visita que tengo que hacer. La tía

Hazel todavía no comprende cómo no he conseguido sacar a Evie de ese sitio. Y en el último mensaje me decía algo acerca de que necesitaba ayuda para algo de una información.

–¿Vas a ver a Caz más tarde?

–Sí, vamos a ir a ver otro piso. Al parecer está completamente renovado y puede coincidir con lo que estamos buscando. Oh, cielos, soy una hipócrita.

–Y Caz Brandon está completamente libre de pecado, claro –Della la miró fijamente–. Sabiendo de lo que es capaz, ¿podrías confiar en él o ser feliz a su lado? Sé sincera.

–Sinceramente, solo puedo decirte que no lo sé.

Pero lo que no se atrevía a reconocer era el sufrimiento que la esperaba el día que él ya no formara parte de su vida.

Y ese día, llegaría pronto.

–Bueno, te has tomado tu tiempo –le dijo la tía Hazel cuando fue a verla–. Te dije que era una emergencia.

Tarn se agachó para besarle la mejilla.

–He venido en cuanto he podido. ¿Qué quieres que haga?

–Quiero que averigües qué está pasando. Y qué está haciendo la policía con mi pobre Evie. Intentar suicidarse ya no es delito, así que ¿por qué la tratan así? Si quieren perseguir a alguien, que busquen al bruto que la llevó a hacerlo, y tú deberías decírselo.

–¿Evie está involucrada con la policía? No creo.

–Les está ayudando con la investigación, eso es lo que siempre dicen.

–Debe de haber un error... –dijo Tarn.

–Claro que lo hay, y tú debes solucionarlo antes de que haga algo más desesperado –la tía Hazel comenzó a llorar.

Tarn preparó un té y trató de consolarla, pero no podía pensar.

–Tía Hazel, ¿cómo te has enterado de lo de la policía?

–El sobrino de la señora Benson es abogado. Tú no estabas haciendo nada para ayudar, así que él escribió una carta a ese sitio insistiendo en que me permitieran visitar a mi pobre niña y eso es lo que le dijeron. Su especialidad no son los asuntos policiales, así que me dijo que no podía continuar. Pero tú debes hacerlo.

–¿Había algo en la vida de Evie que te causara preocupación?

–Evie siempre fue buena chica. Tenía una vida maravillosa hasta que conoció a ese tal Caspar Brandon y se la arruinó. Ojalá nunca hubiera ido a trabajar para esa empresa.

–¿Sabes cuánto tiempo trabajó allí y cuál era su función?

–Trabajaba como ejecutiva y, cuando se cambió al otro sitio, a la empresa escocesa, la ascendieron a directiva.

–¿Una empresa escocesa? ¿Cuál?

–No lo recuerdo. Mac algo... ¿Y por qué preguntas tanto por el pasado si es ahora cuando Evie necesita ayuda?

Tarn recordó los papeles que había encontrado en el apartamento de Evie.

–¿Sería MacNaughton Company?

–Puede ser –dijo la tía Hazel–. ¿Cómo puedes esperar que pueda pensar en un momento así?

–No lo espero –Tarn le dio un abrazo–. Y te doy mi palabra de que intentaré averiguar lo que está pasando –y en silencio añadió: «en todos los aspectos».

Las oficinas de MacNaughton Company estaban situadas en Clerkenwell.

–Buenas tardes –Tarn sonrió a la recepcionista–. Me preguntaba si podría darme cierta información.

–Si es sobre un trabajo, he de informarle que la empresa exige un alto nivel para nuestras limpiadoras y que, por tanto, pedimos al menos tres referencias.

–No es nada de eso –dijo Tarn–. Quería preguntar sobre una pariente mía que trabajó aquí de ejecutiva hace poco.

–Lo dudo –dijo la recepcionista–. Esta es una empresa familiar y la llevan el señor y la señora MacNaughton y sus dos hijos.

–Pero estoy segura de que estoy en la empresa adecuada. Mi prima se llama Eve Griffiths.

–Me temo que no puedo ayudarla –dijo la recepcionista después de un breve silencio.

–¿Hay alguien más con quien pueda hablar? ¿Con la señora MacNaughton, quizá?

–Hay una norma que no permite hablar acerca de los empleados actuales, ni antiguos, con alguien de fuera de la empresa. Si es usted pariente de la señorita Griffiths, le sugiero que le pregunte a ella lo que quiera saber. Buenas tardes –abrió una carpeta y se puso a trabajar.

–Gracias –dijo Tarn con frialdad–. Lo haré.

«¿Y cuando lo haga será como si me hubiera topado con una pared otra vez? Oh, Evie, ¿qué diablos has estado haciendo?».

–He oído que ya habéis encontrado un piso –dijo Grace. Tarn y ella estaban en Fortnum y Mason's tomando un té–. Me sorprende que hayas conseguido que Caz pusiera en venta la suya, pero supongo que el amor siempre encuentra un camino.

–No creo que le haya importado demasiado.

–Bueno, ojalá tuviéramos la misma suerte a la hora

de encontrar un vestido de boda para ti –Grace sirvió el té–. ¿No has visto nada que te haya gustado hoy?

–Me temo que no –dijo Tarn–. Pero me siento culpable por llevarte de compras por todo Londres.

–Me sienta bien hacer ejercicio. Empezaba a vegetar en nuestro idilio rural.

–Pues tienes un aspecto estupendo.

–Parezco una calabaza con piernas. Y ya que estamos hablando del aspecto, si mc perdonas, tengo la sensación de que estás un poco pálida y con ojeras –soltó una risita–. Por supuesto, puede que tengas un buen motivo para ello, pero deberías estar radiante el gran día.

Tarn se sonrojó.

–Creo que es culpa de los nervios. Incluso para una boda pequeña como la nuestra, hay mucho que hacer.

Grace asintió.

–Tarn, sé que esto no es asunto mío, pero Caz es el mejor amigo de Brendan desde hace mucho tiempo y yo también le tengo mucho aprecio, así que voy a preguntártelo. Amas a Caz, ¿verdad?

Tarn acababa de agarrar la taza y, al mover la mano, derramó un poco de té en el plato.

–Sí, sí, claro que lo quiero –soltó una carcajada–. ¿Por qué lo preguntas?

–Es que todo ha sucedido tan deprisa...

Tarn limpió el té con una servilleta.

–Además, lo de casarse con el jefe es todo un tópico.

–Desde luego, conociendo la opinión de Caz sobre las relaciones de amor en la oficina, ha sido una sorpresa. Además...

–Además, creíais que iba a casarse con Ginny Fraser –añadió Tarn.

–Digamos que temíamos que pudiera suceder. Y ese era uno de los muchos motivos por los que nos quedamos encantados cuando te encontró –sonrió–. Brendan siempre dijo que sucedería así. Que Caz conocería a alguien y se enamoraría locamente de ella. Y ha sido así.

–Y te preguntas si yo también me he enamorado. Puesto que eres su amiga supongo que tienes derecho a hacerlo –respiró hondo y dijo–: Puede que no lo demuestre, Grace, pero lo quiero, más de lo que nunca soñé que fuera posible, aunque intenté no hacerlo. Y, si no estoy dando volteretas de alegría, es porque estoy aturdida. Él es millonario, y da muchas cosas por hecho en su vida, mientras que yo...

–Encajas a la perfección –dijo Grace–. Además, las cosas no siempre han sido fáciles para él, Tarn. Caz es rico y muy atractivo, y eso puede servir de imán para muchas mujeres –frunció el ceño–. Por ejemplo, este año tuvo un problema con una mujer que hizo el ridículo y se comportó como una verdadera idiota.

–¿Quién era? –Tarn la miró un instante.

–No conozco los detalles, pero Brendan dice que fue un completo desastre y que costó mucho solucionarlo.

–Sí –dijo Tarn–. Seguro que sí –tuvo que hacer un esfuerzo para sonreír, pero lo consiguió–. Y ahora, para demostrar que soy sincera respecto a lo de casarme, regresemos a la tienda de Knightsbridge para volver a mirar el vestido de seda color crema. Es el único que soy capaz de recordar bien, así que quizá sea una buena señal.

Continuaron charlando y riéndose durante el camino hasta Knightsbridge, donde compró el vestido, que sabía que no se pondría jamás en su vida.

Veinticuatro horas. Ese era el tiempo que le quedaba.

Tarn se sentía desconcertada cuando pensaba en lo rápido que había llegado a ese punto.

Tantos preparativos. Tantos engaños. Tantas visitas a tiendas de muebles. Montones de botes de pintura para que los decoradores transformaran un piso que nunca ocuparía.

La fiesta en Brandon para desearles que fueran felices y regalarles una cristalería magnífica.

Su billete de regreso a Nueva York.

Y, por fin, el acto final. La carta devastadora que tenía que escribir.

–Me marcho –Della salió de su habitación con la bolsa de viaje en la mano.

Se había tomado dos días de vacaciones e iba a pasarlos en casa de sus padres porque no quería estar presente cuando apareciera Caz Brandon.

–Eso no sucederá –le había dicho Tarn, pero ella había preferido no arriesgarse.

–¿Estarás bien?

–Por supuesto –contestó Tarn–. Al fin y al cabo, esto era el objetivo.

–¿Has contratado a un mensajero para que entregue la carta?

–Sí. Está todo arreglado.

–Y has avisado a la prensa para que hagan pública su humillación. La guinda del pastel, como siempre decías.

Tarn no la miró.

–Todavía no. Primero escribiré la carta.

–Bueno, no te olvides –le advirtió Della y le dio un abrazo–. Sé valiente –susurró–. Ya sabes que estás haciendo lo correcto.

«No estoy tan segura», pensó Tarn cuando se quedó a solas. «Pero no puedo permitir que me asalten las dudas. Tengo que continuar».

Una hora más tarde, continuaba intentando escribir la carta por tercera vez.

«Necesito tomar distancia, entonces quizá pueda soportarlo».

Lo intentó de nuevo:

*Caz, nuestro matrimonio no llegará a celebrarse. Ni hoy ni nunca. Te dejo, igual que hace unos meses dejaste a Eve Griffiths, tu antigua prometida y mi hermanastra. Como bien sabes, Eve se quedó traumatizada por tu decisión y trató de suicidarse. Ahora está* en The Refuge, *semiprisionera. Imagino que pensaste que, cuando dejaras de verla, no pensarías más en ella. Pero no es así.*

Ese era el tono adecuado. Frío e impasible.

*Eve me escribió carta tras carta, contándome cosas sobre ti y vuestra relación. Ella creía que el amor que sentía por ti era correspondido, y era feliz pensando que se convertiría en tu esposa. Incluso fue lo bastante ingenua como para pensar que las piedras del anillo de compromiso que le regalaste eran diamantes. Ella no comprendía que no tenías ninguna intención de casarte con ella y que la abandonarías. Por eso, intentó suicidarse, y por eso yo decidí que debía castigarte por tu arrogancia y crueldad, para que descubrieras lo que era sentirse humillado y abandonado por alguien en quien se confía. Así que vine a Inglaterra a buscarte. Sin duda, estás acostumbrado a creer que eres irresistible para las mujeres, y por eso fue muy fácil engañarte.*

*Ahora, soy yo la que está cansada de fingir y ha llegado el momento de que esta farsa termine.*

*Espero que tengas la decencia de permitir que mi hermana salga de la clínica para que pueda empezar su vida sin más presiones, por parte tuya o de la policía.*

*Adiós.*

Firmó la carta, dobló las hojas y las metió en un sobre acolchado, lo bastante grande como para que cupiera la caja del anillo. Sin embargo, no era capaz de quitárselo y decidió esperar hasta el final. Antes de cerrar el sobre debía meter también la llave del piso nuevo. Recordaba que, después de verlo, Caz le había preguntado:

–¿Crees que conseguiremos convertirlo en un hogar?

Ella había permanecido en silencio unos instantes y después contestó con sinceridad:

–Podría ser feliz aquí.

Llevaba varios días sin pasar por allí, así que no tenía ni idea de cómo avanzaba la reforma.

–Has de prometerme que no irás a curiosear –le había dicho Caz, riéndose–. Quiero que sea una sorpresa.

«Tengo que dejar de pensar en todo esto», se dijo. «Si no, me volveré loca».

Buscando una distracción, encendió el televisor. Una voz informaba del estreno de un programa cuya presentadora era Ginny Fraser.

–Pues vaya distracción –murmuró Tarn con un nudo en la garganta–. Es la última persona a la que quiero ver –cambió de canal.

«Es probable que Caz termine con ella», pensó y, al instante, imaginó la reacción de Grace.

¿Qué les diría Caz? ¿Qué explicación podría ofrecerles? ¿O no les sorprendería ya que conocían la historia de Evie?

«Haz algo útil». Se puso en pie y agarró el bolso. Buscó la llave del piso y la contempló un instante.

¿Qué tenía de malo ir a verlo por última vez? La prohibición de Caz no iba en serio. Además, no se enteraría. Era la noche anterior a la boda, así que estaría celebrando su despedida de soltero.

Y, en cualquier caso, necesitaba despedirse.

Se puso una chaqueta y salió a buscar un taxi.

Una vez allí, abrió la puerta y se dirigió al salón. Los muebles que habían elegido estaban colocados en su sitio.

Solo faltaban los cuadros de Caz por desempaquetar, y esperaban en una esquina.

Lo que se había imaginado se había convertido en realidad, y era precioso.

Se volvió con los ojos llenos de lágrimas y se dirigió al dormitorio principal.

La cama estaba hecha con las sábanas y la colcha que habían elegido juntos.

«Podría ser feliz aquí...».

Cerró los ojos y permaneció inmóvil, abrazándose, hasta que, de pronto, se percató de que no estaba sola.

Se volvió despacio y vio que Caz estaba apoyado en la puerta.

–Así que no has podido evitarlo.

–Tú tampoco –dijo ella–. Pensé que habrías salido con tus amigos.

–¿Emborrachándome? Siempre he pensado que eso no debía de gustarles mucho a las novias. En cualquier caso, hace unos días salí a cenar con Brendan y otros amigos.

–Ah –dijo ella. Hizo una pausa y buscó algo que decir para disipar la tensión del ambiente–. No hàn colgado los cuadros en el salón.

–No –dijo él–. Pensé que mejor lo hacíamos nosotros, cuando regresemos de nuestra luna de miel.

–Sí –dijo ella–. Es una idea estupenda. La casa está preciosa. Mejor de lo que nunca había soñado. Siento haber estropeado tu sorpresa.

–No has cstropeado nada.

–Es que necesitaba venir a verlo.

Caz se acercó a ella y la miró.

–Es curioso que te sintieras así –dijo él–. Porque aunque yo no lo sabía, también necesitaba verte aquí.

Abrió los brazos y Tarn corrió a abrazarlo.

Sus labios se encontraron y ambos se besaron de forma apasionada. Y cuando él la tomó en brazos y la llevó a la cama, Tarn supo que no podía negarse.

# Capítulo 12

CAZ la tumbó sobre la cama y encendió la lámpara de la mesilla de noche. Tarn se incorporó y, con el corazón acelerado, lo agarró del brazo.

–No, por favor.

–Me gustaría verte, cariño –dijo él–. Y quiero que también me veas tú a mí. No quiero oscuridad entre nosotros. Ni esta noche, ni nunca, amor mío.

Ella lo observó mientras se desnudaba. Su ropa interior resaltaba su miembro erecto y, cuando él se tumbó a su lado y la abrazó, ella se lo permitió.

Permanecieron con los cuerpos entrelazados, bañados por la suave iluminación. Caz la besó y la miró de forma inquisitiva. Ella le acarició la mejilla y recorrió sus labios con un dedo. Él lo capturó con la boca y succionó despacio, provocando que el deseo se apoderara de ella y se instalara entre sus piernas.

Caz comenzó a desvestirla, despacio. Cuando terminó, la miró y dijo:

–Cielos, eres preciosa. Más bella de lo que había soñado. Casi me da miedo tocarte. Tengo miedo de perder el control y estropearlo todo.

–No lo harás –susurró ella. Le agarró las manos y se las llevó a los senos, gimiendo cuando él le acarició los pezones con el dedo pulgar antes de inclinar la cabeza y besarla de nuevo.

Ella le acarició la espalda musculosa y, cuando llegó a la cinturilla de su ropa interior, metió las manos bajo la seda y le acarició el trasero.

Caz se movió para quitárselos y después levantó a Tarn para acomodarla sobre las almohadas y besarle los senos, jugueteando con la lengua sobre sus pezones y provocándole un placer irresistible.

Ella sentía su miembro erecto contra la piel y se movió para acariciárselo hasta que lo hizo estremecer. Mientras tanto, Caz exploraba su cuerpo con erotismo, acercándose cada vez más a su entrepierna.

Tarn movió la cabeza sobre la almohada y pronunció un gemido de deseo. La evidencia de lo mucho que deseaba entregarse a él para que la poseyera.

–Espera, mi amor. Espera un poquito –susurró él.

Pero pareció que pasaba una eternidad hasta que él la acarició el centro de su feminidad. Antes de que ella sintiera sus dedos en el interior de su cuerpo, acariciándole la piel húmeda con delicadeza.

Tarn comenzó a respirar de forma acelerada y él le acarició el punto más sensible de su cuerpo, aumentando la presión poco a poco, en círculos, invitándola a experimentar un placer que jamás había imaginado que pudiera existir.

Estaba temblando y todo su cuerpo estaba atrapado por aquella devastadora sensación.

Pronunció su nombre en un susurro y, al segundo, perdió el poco control que le quedaba, mientras un torbellino de sensaciones se apoderaba de ella y su cuerpo comenzaba a convulsionar hasta llegar al éxtasis.

Gimió de nuevo, contra la boca de Caz y lo agarró con fuerza por los hombros. En ese momento, notó que él la sujetaba por el trasero y la penetraba. Durante un instante permaneció quieto en su interior, y después comenzó a moverse lentamente.

Tarn lo rodeó con las piernas y permitió que su cuerpo se acompasara con sus movimientos, entregándose a él por completo. Sintiéndose por fin una mujer fusionada con su hombre.

Y cuando el ritmo de sus cuerpos se aceleró, él pronunció su nombre y alcanzó el clímax también.

Más tarde, mientras él tenía la cabeza apoyada sobre el pecho de Tarn, notó que las lágrimas rodaban por sus mejillas.

–Cariño, te he hecho daño...

–No –susurró ella–. ¿No te das cuenta? Lloro porque soy feliz. No es más que eso.

Caz permaneció en silencio un instante y después dijo:

–Eso es todo, amada mía.

Tarn despertó al día siguiente y, cuando se movió para acariciar a Caz, descubrió que la cama estaba fría, como si llevara vacía un tiempo. Se sentó deprisa y miró a su alrededor, tratando de escuchar si había algún movimiento en la casa. Nada.

Fue entonces cuando vio una hoja doblada sobre la otra almohada y la abrió con dedos temblorosos.

*Querida, te estaba observando mientras dormías cuando me he acordado de que se supone que da mala suerte que los novios se vean el día antes de la boda. Por si acaso, he decidido evitar el riesgo.*

*Amor mío, te veré muy pronto en el registro, aunque he de decirte que nada puede hacer que seas más mía de lo que lo eres en este momento.*

*Caz.*

Tarn la leyó de nuevo y dejó caer el papel.

«Debería estar agradecida por que haya decidido marcharse sin despertarme», pensó. De otro modo, quizá no lo hubiera dejado marchar. Se habría abrazado a él, olvidándose de todo excepto de la necesidad de estar a su lado. Para siempre.

Había llegado el momento de terminar lo que había empezado. A pesar de que las lágrimas inundaron su mirada, consiguió contenerlas. No podía llorar.

Veinte minutos más tarde, después de ducharse y vestirse, salió de la casa. Su intención había sido dejar allí la nota de Caz pero, en el último momento, regresó a por ella.

–¿En qué clase de idiota me he convertido? –se preguntó en voz alta mientras la guardaba en el bolso.

Una vez en el hotel en el que había reservado habitación cerca del aeropuerto, alquiló un coche para llegar a The Refuge al día siguiente. Después, subió a su habitación y trató de entretenerse leyendo o mirando la televisión.

Pidió la comida al servicio de habitaciones y apenas comió. Paseó de un lado a otro de la estancia, tratando de no pensar en lo que habría sucedido en la oficina del registro unas horas antes.

Lo más probable era que, en un principio, Caz pensara que le había pillado un atasco, pero después habría empezado a inquietarse hasta que la llegada del mensajero se lo aclaró todo.

Al menos, ella no lo había contado a la prensa. Al final le había ahorrado esa humillación porque no había sido capaz de hacer las llamadas necesarias. Así que, nadie se habría enterado excepto Brendan y Grace, que no contarían nada a nadie.

«Mañana por la mañana iré a ver a Evie y le diré que la he vengado. Que Caz Brandon ya es consciente del dolor que le ha provocado y que ya está pagando por ello. Ella ya no tiene nada que temer, y podrá continuar el camino hasta su completa recuperación».

«Pero yo tengo otro camino que seguir y no veo en

él nada más que desolación. Y no hay vuelta atrás. Empezando esta misma noche...».

–Está mucho mejor esta mañana –dijo la enfermera mientras guiaba a Tarn hasta la habitación de Evie–. Mucho más animada. Claro que la policía no ha venido a interrogarla en toda la semana, y eso ayuda.

–No lo comprendo –dijo Tarn–. ¿Por qué querían interrogarla?

–Eso es algo que tendrá que preguntarle usted. Pero no cuente con que vaya a contárselo –la mujer hizo una pausa–. Deduzco que no volveremos a verla. Que se marchará de Inglaterra.

–Nunca pensé en quedarme. Solo vine por Evie. Y, si está mejor, su madre podrá visitarla en mi lugar.

–Quizá.

Cuando llegaron a la habitación de Evie, Tarn vio que la puerta estaba abierta y que el carro de la limpieza estaba fuera.

De pronto, se oyó un grito desgarrador.

–¡No! –repetían una y otra vez.

La enfermera se apresuró a entrar y le dijo a Tarn:

–Espere.

Pero Tarn no obedeció y entró también.

Evie estaba acurrucada en su silla, temblando, cubriéndose el rostro con las manos y llorando. A su lado, una mujer intentaba calmarla.

–¿Qué pasa? –preguntó Farlow.

La empleada de limpieza negó con la cabeza, asustada.

–No lo sé. Tenía mi Daily Gazette en el carro y ella me pidió verlo. Yo no vi ningún impedimento y se lo di. Entonces, empezó todo esto.

Tarn se agacho para recoger el periódico del suelo y miró la portada. En ella aparecía la foto de un hombre bajando unas escaleras con la cabeza agachada. El titular decía: *Escándalo en la boda del millonario.* Y más abajo:

*El magnate Caspar Brandon quería una boda tranquila, pero lo que encontró fue el silencio total cuando Tarn Desmond, su novia misteriosa y antigua empleada, no se presentó a la ceremonia que iba a celebrarse en la Oficina del Registro de Blackwell.*

*Al salir del registro, el novio se negó a hablar con los periodistas. Y un representante de Brandon International dijo: «Sin comentarios».*

Los esfuerzos para localizar a la señorita Desmond han sido infructuosos.

«No puede ser», pensó Tarn, destrozada. «Yo no los he avisado. Yo no...».

Se percató de que había hablado en voz alta cuando oyó otro grito de Evie.

–Te has atrevido a venir aquí, zorra –la miraba como si la odiara–. ¿Tú? Se suponía que estabas de mi parte, pero durante todo este tiempo has estado tratando de alejar a Caz de mi lado. De casarte con él.

–Evie... Sabes que eso no es cierto...

–Sé que es a mí a quien quiere, y siempre será así. Vete de aquí. Fuera de mi vida. Nunca lo tendrás, porque no te lo permitiré.

Se abalanzó sobre Tarn y la tiró al suelo, arañándole el rostro.

De pronto, la habitación se llenó de gente. El doctor agarró a Evie con fuerza, sujetándole los brazos detrás de la espalda mientras se dirigía a ella con voz tranquila.

Tarn se puso en pie, incapaz de creer lo que acababa de suceder.

–Evie, no lo comprendes. ¿Qué te pasa? Solo he hecho lo que tú querías. Lo que acordamos. Ya lo sabes.

El doctor la miró con impaciencia.

–Doctora Rahendra, por favor, ¿podría echarle un vistazo a la cara de esta chica y después acompañarla a mi despacho? Y le agradecería que le pidiera a mi secretaria que preparara café.

Una joven con bata blanca se acercó a Tarn y la agarró del brazo.

–Si me acompaña.

–No, todavía no –Tarn trató de liberarse–. Quiero saber lo que está pasando.

–El doctor hablará con usted y se lo explicará todo –dijo la doctora–. Tenemos que salir de aquí. A nuestra paciente le inquieta su presencia. Y esos arañazos hay que curarlos.

En la sala de curas, Tarn se quejó mientras le limpiaban las heridas.

–Son un poco antiestéticos, pero se curarán antes sin vendaje –dijo la doctora–. Y no le quedará cicatriz.

–Hay cosas peores que las cicatrices –dijo Tarn.

La mujer asintió.

–La reacción de la señorita Griffiths la ha impresionado. Es normal –suspiró–. Y es una lástima, porque pensábamos que por fin estaba progresando. Pero ya nos había advertido el doctor que éramos demasiado optimistas –se acercó a la puerta–. Lo llevaré con él.

El doctor estaba de pie mirando por la ventana cuando Tarn entró en su despacho.

–Autoricé esta visita para que se despidieran, señorita Griffiths, o debería llamarla señorita Desmond. No pensé que fuera a provocar otra crisis.

–Yo tampoco. De hecho, pensé que mi hermana se alegraría de oír que nuestro plan había tenido éxito.

–¿Y qué plan era ese? –se sentó detrás del escritorio y sirvió dos tazas de café.

–Como sabrá, Evie tenía una relación con un hombre muy rico y atractivo –Tarn aceptó la taza y bebió un sorbo–. Estaban planeando su boda cuando él rompió el compromiso de forma repentina. Yo pensé que el trauma de esa ruptura era lo que la había inducido a intentar suicidarse. Él la trató muy mal y yo decidí que debía sufrir la misma humillación.

–Actuando en beneficio de la población femenina, supongo.

–¿Le parece gracioso?

–No –contestó él–. Trágico. Y con un poco de franqueza, podría haberse evitado. Y de ello, me culpo a mí mismo.

–Admitirlo es un gesto noble por su parte.

–No lo hago por usted, señorita Desmond. Si hubiera hablado, quizá habría salvado a Caspar Brandon, uno de nuestros consejeros, de aparecer en los periódicos, entre otras cosas. Desde un principio supe que no debía fiarme de usted, pero eso era por otro motivo.

–¿Cómo se atreve a criticarme? –dijo ella–. Todo lo que he hecho ha sido con buena intención y porque Evie me pidió que la ayudara. Ella quería castigarlo y yo acepté porque pensé que eso la ayudaría a recuperarse.

El doctor suspiró y dijo:

–Creo que hay ciertas cosas que debería saber acerca de su hermanastra. Primero, no está en esta institución porque no calculara bien el número de pastillas ilegales que debía tomarse para su supuesto intento de suicidio. Ella ya había aceptado recibir tratamiento ambulatorio aquí, como alternativa a un procedimiento judicial.

–¿Por qué motivo?

–Hay para elegir. Robo, tráfico de drogas, asalto y daño intencionado. Entre otras medidas, se hablaba de una orden de restricción.

–No le creo. Evie nunca haría ese tipo de cosas. No podía...

–Sí podía, señorita Desmond, y lo hizo. Usted estaba

en el extranjero, así que supongo que no ha estado en contacto con su familia muy a menudo. Sin duda no le iba mal, y creemos que eso era parte del problema. Eve deseaba tener su poder adquisitivo y lo que ello conlleva. Pero ya sabe que ella no tiene ninguna cualificación y que le resulta difícil encontrar un trabajo bien pagado, o mantener un trabajo sin más. Sin embargo, consiguió encontrar un trabajo con una conocida empresa de limpieza.

–¿MacNaughton Company?

–La misma. Al principio trabajó limpiando oficinas, después pidió que la trasladaran a la sección de limpieza doméstica donde trabajó con clientes muy ricos. Y me temo que no todos tenían cuidado a la hora de guardar sus pertenencias. Puesto que su hermana siempre iba mal de dinero, cayó en la tentación y comenzó a robar –frunció el ceño–. No había pruebas, pero un par de ellos comentaron sus sospechas a la empresa y la echaron.

–Pero estaba viviendo en una casa –protestó Tarn–. No podían pagarla tan mal.

–No, pero había alquilado un piso que no podía permitirse, así que necesitaba otra fuente de ingresos. Y tarde o temprano, gracias a sus contactos con MacNaughton, la encontró.

–No comprendo nada. Seguramente el señor Brandon estaba pagando por el piso.

–Señorita Desmond, dudo que en esos momentos él conociera la existencia de la señorita Griffiths, aunque eso cambiaría pronto –añadió.

Tarn sintió un agujero en el estómago.

–No lo comprendo. Eran pareja. Estaban prometidos e iban a casarse. Usted debe de saberlo.

–No –dijo el doctor–. Me temo que todo eso lo ha imaginado ella. Lo vio cuando ella estaba trabajando en Brandon, se enamoró de él y creó su propia fantasía.

Esta empeoró cuando ella comenzó a limpiar el apartamento del señor Brandon, hasta llegar a un punto peligroso. Evelyn nunca ha tenido una relación con Caz Brandon, señorita Desmond. Ha estado mintiendo a todo el mundo desde un principio, pero sobre todo a ella –hizo una pausa y añadió–: Y al parecer, a usted también. Su odiada rival.

# Capítulo 13

TARN se quedó helada.

–¿Está diciendo que me odia? –preguntó con voz temblorosa–. Acaba de descubrir lo que le he hecho a Caz, así que no puede ser –tragó saliva–. ¿No será porque me fui a los Estados Unidos y tengo una carrera? ¿Está celosa?

–Eso es parte del problema. Siempre ha sentido que usted era la favorita de su padre. Al parecer, tanto su madre como ella la consideraban una intrusa.

–Creo que eso siempre lo he sabido. Pero él... El tío Frank siempre se portó bien conmigo y sé que deseaba que yo me ocupara de que ellas estuvieran bien. Así que eso es lo que intenté. Y luego Evie me escribió todas esas cartas sobre su relación con Caz. ¿Por qué lo hizo?

–Era parte de la fantasía. Necesitaba demostrar que podía ser mejor que tú en algo. Ponerte celosa.

–¿Quiere decir que todo esto es mi culpa?

–Desde luego que no. Su error ha sido creer que su hermanastra seguía siendo la niña con la que se crio y no puede ser culpada por ello. Aunque, sí ha sido culpable en otros aspectos.

Tarn recordó la foto en la que Caz aparecía destrozado.

–Y por ellos ya he sido duramente castigada, créame –respiró hondo–. ¿Qué es lo que le hizo Evie a Caz?

–Rebuscó entre sus cosas del piso. Se llevó unas camisas, ropa interior y unos zapatos para tenerlo en casa y alimentar su fantasía. Al parecer también retiró fotografías en las que él aparecía con otras mujeres. Leyó su agenda y lo siguió a eventos sociales en los que consiguió entrar mediante engaños.

–¡Cielos! Eso es terrible.

–Y peor aún. Cuando trabajaba para MacNaughton, ella tenía copia de la llave de su casa y, al ver que no conseguía captar su atención, empezó a escribir mensajes con pintalabios en los espejos. Y rajó un cuadro valioso. Después comenzó a montarle numeritos en público, hasta que, finalmente, tiró una copa de vino sobre su acompañante, que no era, y cito sus palabras «la zorra con la que se acostaba» si no una editora de Canadá que estaba visitando la empresa. Para entonces, la policía ya estaba implicada.

Ella se mordió el labio.

–Supongo que no quedaba más elección.

–No fue el señor Brandon. La señorita Griffiths ya estaba bajo vigilancia por tráfico de drogas. El marido de una de una antigua clienta de MacNaughton empezó a preocuparse por los cambios de humor de su esposa y encontró unas pastillas en un cajón. La mujer confesó que compraba un tranquilizante a su antigua limpiadora. A un precio muy alto, por supuesto.

Tarn negó con la cabeza.

–Es increíble –dijo ella–. ¿Cómo diablos ha podido Evie conseguir esas cosas?

–Ha sido el blanco de un traficante –dijo el doctor–. Mientras trabajaba para MacNaughton tenía acceso a mujeres ricas y aburridas que necesitaban solución para sus problemas. El escenario perfecto para un traficante. Y para ella, una manera de solucionar su problema económico. Para poder frecuentar los lugares a los que iba el señor Brandon, necesitaba una nueva imagen, y ropa que no se podía permitir. En ese ambiente es fácil encontrar gente que necesita pastillas de todo tipo y que no le importa pagar un alto precio por ellas. Por desgracia, ella comenzó a cobrar un recargo y el traficante la descubrió. Entonces empezaron a complicársele las cosas. El señor Brandon le había ofrecido retirar los cargos contra ella si accedía a ir a terapia, pero ella estaba desesperada por ocultarse en algún sitio y este parecía el santuario ideal. Así que preparó el intento de suicidio, sabiendo que inmediatamente le ofrecerían atención residencial, pero no calculó bien la dosis –hizo una pausa y sonrió–. Usted pensó que cuando ella hablaba de estar asustada se refería al señor Brandon, pero se equivocaba.

–Pero su diario –dijo Tarn desesperada–. Hablaba de él. Usted también lo habrá leído.

–Ah –dijo él–. La referencias a C, que usted interpretó como Caz, pero que era su antiguo socio. Un hombre que se llama Clayton. Roy Clayton, y vive en el piso de arriba de ella.

–Oh, cielos. Lo conocí cuando fui a vaciar el piso.

–Entonces quizá pueda comprender por qué estaba asustada –dijo él–. Un elemento. Incluso ha conseguido mandarle un mensaje aquí para recordarle que le debe dinero y que mantenga la boca cerrada.

–Pero ¿cómo pudo hacerlo? Hay mucha seguridad.

–A través de un miembro del equipo de cocina que creía que estaba entregando una carta de amor.

–No puedo creer nada de todo esto. Por favor, dígame que no es cierto, que solo es una pesadilla.

–Me temo que no puedo hacer tal cosa, señorita Desmond, es demasiado real.

–Supongo que sí. Y Evie... ¿qué va a pasar con ella?

–Depende de la ayuda que ofrezca a la policía para la investigación. Por mi parte, creo que debo hacer todo lo posible por asegurarme de que continúe aquí. Como dice el señor Brandon, necesita que la ayuden más que un castigo. Por otro lado, siento que usted la haya creído y se haya metido en esto.

–Parecía que me necesitaba, y todo ha sido un engaño.

–Al menos no tendrá que luchar contra su regreso a la realidad, señorita Desmond, así que se recuperará enseguida. Descubrirá que su vida la está esperando.

Tarn se volvió hacia la ventana.

–Me temo que se equivoca, doctor. Fui estúpida e ingenua y gracias a eso he destrozado mi vida y he tirado por la borda la única oportunidad que he encontrado de ser feliz. Lo único que me queda es mi profesión, y no es un gran consuelo.

Comenzó a llorar y oyó que el doctor dejaba una caja de pañuelos de papel sobre el escritorio, antes de marcharse de la habitación.

Necesitaba estar a solas para enfrentarse al hecho de haberse comportado como una idiota y tratar de olvidar a Caz, el calor de su boca y el susurro de su voz mientras hacían el amor. Asumir que ya no lo encontraría a su lado por las noches. Que estaría sola, completamente sola.

Al cabo de unos minutos, oyó que la puerta se abría de nuevo y tras secarse los ojos con un pañuelo, respiró hondo.

–Siento haberlo echado de su despacho, doctor Wainwright. No era mi intención perder el control de esa manera pero no he podido evitarlo. Nunca pensé que fuera posible sufrir tanto. Sé que estará deseando que me vaya, pero antes de irme me gustaría pedirle un favor. Usted verá al señor Brandon en algún momento. Quizá pueda decirle que lo siento de veras. Y que no espero que me perdone porque yo no seré capaz de perdonarme a mí misma. Hay muchas cosas que podría decir, pero creo que será mejor que lo deje aquí. ¿Podría hacer eso por mí? Le estaría eternamente agradecida.

–El doctor Wainwright se ha retrasado –dijo Caz–. Así que quizá sea más conveniente que me des el resto del mensaje en persona.

Tarn se quedó paralizada durante un instante y, finalmente, se volvió para mirarlo con el corazón acelerado.

Al instante, tuvo que contenerse para no correr a su lado, sujetarle el rostro con las manos y besarlo.

–¿Qué estás haciendo aquí?

–Me parecía el lugar evidente para encontrarte. Sabía que vendrías a visitar a tu hermana por última vez y a contarle lo bien que había salido tu plan antes de marcharte, y Jack Wainwright me lo confirmó. También sabía que no funcionaría tal y como esperabas, y ahora tú también lo sabes, ¿no?

–Sí.

Caz la miró un instante y frunció el ceño.

–¿Qué te ha pasado en la cara?

–Ya te lo he dicho. Cuando me enteré de la verdad, perdí el control unos momentos. ¿No te ha contado el doctor que tuvo que marcharse para dejarme llorar en paz?

–No, vino a verme porque tenía que decirme otras cosas. Y me refería a las marcas que tienes en la cara, no al hecho de que parezca que estás destrozada.

–Evie se abalanzó sobre mí cuando vio la noticia en el periódico. No es grave.

–Ah –dijo él–. Creo que eso depende del punto de vista.

–Caz... No sé cómo se enteró la prensa de lo de la boda, pero te prometo que yo no se lo dije. Iba a hacerlo, pero cambié de opinión. Alguien debió de hacerlo.

–¿Tu compañera de piso, quizá?

–Supongo. Creo que sabía que yo no iba a hacerlo. Al principio no estaba de acuerdo con lo que yo planeaba, y siempre discutíamos. Pero cuando vio el supuesto anillo de compromiso de Evie y se fijó en que no eran diamantes, se enfadó y pensó que te merecías todo lo que ha pasado.

–Por supuesto –dijo él–. Nunca había imaginado el

poder que puede llegar a tener las evidencias circunstanciales.

–Yo tampoco –dijo ella–. Aunque no lo digo como excusa por lo que he hecho. Caz, no sé por qué has venido a buscarme pero, por favor, créeme si te digo que no hay nada que pueda hacer que me sienta peor acerca de lo que ha pasado. Así que, ¿por qué no aceptas que nunca me perdonaré por lo que te he hecho y me dejas marchar?

–No, Tarn. Me temo que no puedo hacerlo.

–Supongo que era mucho esperar. Y no puedo culparte por querer venganza.

–Si fuera así, con solo mirarte cambiaría de opinión. No eres precisamente la mejor propaganda para las ventajas de la venganza, cariño.

–¿Te estás riendo de mí?

–No. Ni mucho menos. Y sí, he estado enfadado, dolido y humillado, y todo lo demás que me hayas deseado por el bien de la chica que está arriba. Y, si me hubieran preguntado en ese momento si quería volver a verte, habría dicho que no. Pero tras pasar toda la noche despierto y solo he llegado a varias conclusiones. Por un lado, me he dado cuenta de que no tenías ni idea de quién era Eve Griffiths ni de lo que había hecho. Simplemente te creíste todas las mentiras que había inventado.

–Ella me escribía cartas sobre ti, contándome lo maravilloso que eras y lo enamorada que estaba. Nunca había tenido una relación seria y yo me alegré por ella. Y también me sentí un poco aliviada.

–¿Porque se convertiría en el problema de otra persona?

–Sí –dijo Tarn–. Suena horrible. Estoy avergonzada.

–No lo estés –dijo él–. Demuestra que tu instinto funcionaba bien. Deberías haberlo escuchado hace tiempo y haberte desentendido de ella hace mucho tiempo.

–Pero no podía –dijo ella–. Su padre fue muy bueno conmigo. Siempre he sentido que debía cuidar de ellas. Nunca imaginé que Evie podía odiarme por ello.

–Porque no la conocías. ¿No lo comprendes, amor mío? No eres culpable de nada excepto de ser demasiado leal, cariñosa, y todas esa cualidades maravillosas, incluso aunque estén dirigidas a la persona equivocada. La envidio por ello, y he deseado de todo corazón haber sido yo la persona a la que iban dirigidas. Sin embargo, lo que más me ha dolido es que nunca me hayas preguntado acerca del supuesto romance. Que no te enfrentaras a mí y me exigieras que te contara la verdad.

–Porque no podía. ¿No te das cuenta? Cuando te conocí solo podía pensar en que estaba vengando a Evie. Eso era lo único que importaba. Pensaba que saber que habías sido castigado por haberla tratado de ese modo, quizá la ayudaba a recuperarse. Entonces, todo empezó a cambiar y me enamoré de ti. Pero ya era demasiado tarde. Estaba atrapada entre un montón de secretos y mentiras y la única solución era continuar con el plan. Además, tenía miedo de que fuera verdad que te hubieras aburrido de ella y lo admitieras, porque eso significaba que podría pasarte lo mismo conmigo. Que podrías robarme el corazón y marcharte de mi lado después.

–Oh, cielos –dijo Caz–. En serio, Tarn, creo que aparte de darle los buenos días cuando trabajaba en Brandon, nunca le había dirigido la palabra a Eve Griffiths. Desde luego, nunca la vi en mi apartamento, y no estoy seguro de si tan siquiera sabía su nombre. A veces, en algún evento, me daba cuenta de que una rubia me miraba fijamente, pero eso es algo que le pasa a cualquier hombre que figure en la lista de personas adineradas. Algunas mujeres se insinúan y uno ha decidir si quiere permitirlo o no. Yo decidí no hacerlo. Prefiero ser yo el que persiga a las mujeres. Al final, cuando empezaron a sucederme todas esas cosas, me di cuenta de la verdad y mi vida se convirtió en un infierno. Después, cuando ella accedió a recibir tratamiento pensé que todo habría terminado, pero Jack Wainwright me advirtió que nunca resultaba tan sencillo, y tenía razón. En estos momentos, su actitud pasa de un extremo a otro. También se lo está poniendo difícil a la policía, un día coopera y al siguiente se niega a hablar.

–¿Hay algo que pueda hacer?

–Sí, dejarla en manos de los expertos. Jack y su equipo la ayudarán, pero tardarán un tiempo. Como ya has visto, tu intervención solo empeora las cosas, así que no te impliques. Además, vas a tener otras cosas en que pensar, amor mío.

–No lo comprendo...

–Entonces, te lo explicaré. Anoche me di cuenta de que, en realidad, no ha pasado nada grave entre nosotros. Y menos si la alternativa era pasar el resto de mi vida sin ti.

–Caz. Oh, Caz... No puede ser que todavía me desees después de lo que he hecho...

–¿No? Entonces, escucha. Todo lo que ponía en la nota lo pienso de verdad, Tarn. Puede que no hayamos celebrado la ceremonia, pero ya hemos tenido la boda. Eres la única mujer a la que siempre amaré y cuando te entregaste a mí, te convertiste en mi esposa, en cuerpo y alma. En eso no había engaño alguno. Era amor, puro y verdadero, y nada puede cambiarlo, a menos que tú hayas decidido que, a causa de todo lo demás, estamos mejor separados. Incluso así, no voy a dejarte marchar, porque estamos hechos el uno para el otro y ambos lo sabemos. Así que, nada de secretos. Un matrimonio a la antigua. Una familia. ¿Trato hecho?

Se abrazaron y se besaron de forma apasionada. Cuando Caz levantó la cabeza, Tarn todavía estaba besándolo en el cuello, inhalando su aroma.

–Jack ha sido muy tolerante con nosotros, cariño,

pero no creo que le guste que hagamos el amor en su alfombra. ¿Dónde te has alojado?

–En un hotel del aeropuerto.

–¿Y por qué no recogemos tus cosas y buscamos un sitio con cama con dosel y comida rica para empezar nuestra luna de miel?

–No estamos casados.

–Un detalle sin importancia. Después de la luna de miel buscaremos una iglesia con un sacerdote simpático, que publique las amonestaciones y nos case como es debido. Incluso le pediré a Jack que sea él quien te entregue en matrimonio.

–¡Uy! Tengo un coche alquilado –Tarn se acordó de repente, mientras se dirigían hacia la puerta–. Tendré que devolverlo.

Caz negó con la cabeza.

–Yo me encargaré de que lo recojan –le dijo–. Amor mío, no pienso perderte de vista durante un tiempo considerable, ni de día, ni de noche.

Tarn se rio.

–Eso sí que es un buen trato –dijo, y lo besó de nuevo.